COLLECTION FOLIO

Juan Carlos Onetti

À une tombe anonyme

Traduit de l'espagnol (Uruguay)
par Abel Gerschenfeld

Gallimard

Cette nouvelle est extraite du recueil *Les bas-fonds du rêve* (Folio n° 2341).

Né en 1909 à Montevideo en Uruguay, Juan Carlos Onetti connaît une enfance heureuse. Il interrompt ses études et excerce de nombreux métiers avant de se consacrer au journalisme. En 1930, il se marie pour la première fois (il se mariera quatre fois !) et s'installe à Buenos Aires en Argentine. Contes et nouvelles commencent à paraître et il publie en 1939 son premier roman, *Le puits.* Il travaille pour l'agence Reuters, où il restera jusqu'en 1954. En 1950 paraît *La vie brève*, premier volume du « cycle » de Santa Maria, une ville mythique aussi cruelle que fascinante, dans laquelle se perd l'homme moderne. *Laissons parler le vent* clôturera ce cycle en 1979. De retour à Montevideo, il se lie d'amitié avec Luis Batlle Berres, à qui il dédicacera *Le chantier*, et reçoit en 1962 le prix national de Littérature. Opposant à la dictature de Juan María Bordaberry, il est arrêté et emprisonné quelques mois en 1974, puis relâché après une campagne de protestations internationale ; il part s'installer à Madrid où il collabore au journal *El País.* Il reçoit le prix Cervantès, la plus haute distinction littéraire en Espagne en 1980. Malgré le retour de la démocratie en Uruguay, il décide de rester à Madrid et c'est dans cette ville qu'il meurt en 1994.

Découvrez, lisez ou relisez les livres de Juan Carlos Onetti :

LES BAS-FONDS DU RÊVE (Folio n° 2341)

LE CHANTIER (Folio n° 1601)

À Litty

1

Nous, les notables, nous qui avons le droit de jouer au poker au Club du Progrès et d'inscrire nos initiales, avec une vanité congestionnée, au pied d'additions pour des verres ou des repas au Plaza, nous savons tous à quoi ressemble un enterrement à Santa María. À l'occasion, certains d'entre nous ont été le meilleur ami de la famille. Nous avons eu le privilège de connaître les débuts de l'affaire, et même plus, celui de la faire démarrer.

Il vaut mieux, c'est plus harmonieux, que cela commence le soir, après et avant le soleil. Nous sommes tous allés soit chez Miramonte, soit chez Grimm, « À l'Attelage Suisse ». Parfois — je parle des vétérans — on nous a laissés choisir ; parfois la décision a été prise dans un recoin de la maison en deuil, pour une, dix, ou aucune raison particulière. Moi, quand je le peux, je choisis Grimm pour les vieilles familles. L'indifférente brutalité de Grimm les met plus à l'aise, et il insiste pour faire personnellement tout ce qui est indispensable, ou tout ce qui lui chante. Évidemment, ils préfèrent le vieux Grimm pour des raisons raciales, mais je sais qu'en plus ils apprécient son absence d'hypocrisie, et il leur procure un soulagement certain en considérant la mort comme une affaire, et le cadavre comme un simple colis à transporter.

Presque toujours à l'aube, nous sommes allés frapper à la porte éternellement éclairée de chez Miramonte ou de chez Grimm, sérieux mais à l'aise dans le malheur, avec une voix posée, virile, mais sans ménagements. Miramonte, par contre, laisse en apparence le soin de tout à ses employés et, vêtu de noir, coiffé de noir, avec sa triste moustache noire et l'éclat discrètement équivoque de ses yeux de mulâtre, il se mêle aux invités, serre les mains, offre ses condoléances. Cela plaît aux autres, à ceux dont le grand-père n'a pas travaillé à la Colonie ; je sais aussi cela. Nous frappons, je frappe au-dessous de l'enseigne lumineuse violette, et j'explique ma mission à l'un ou l'autre, à l'étranger ou au mulâtre ; tous les deux sont déjà au courant cinq minutes après le dernier soupir, et ils attendent. Grimm bâille, met ses lunettes et ouvre un livre énorme.

« Que veulent-ils ? » demande-t-il.

Je le lui dis, soit parce que je le savais en arrivant, soit parce que je viens de le calculer.

« Quel malheur, si jeune ! Enfin il repose, il était si vieux ! » dit Miramonte, toujours réveillé et vêtu comme pour un bal de petits-bourgeois.

Nous savons aussi que tous les deux, sans rencontrer de résistance, proposent ou imposent un corbillard et deux cochers, un carrosse pour les fleurs, des voitures, des flambeaux, des gros cierges et des christs torturés. Nous savons qu'à dix heures ou à quatre heures nous défilons tous dans la ville, nous longeons la place Brausen, nous passons derrière les champs clôturés de la ferme Guerrero pour emprunter le chemin abrupt, irrégulier, presque exclusivement utilisé à cette fin, qui mène au grand cimetière fréquenté naguère par la ville et la Colonie. Plus tard, à chaque ornière, nos têtes heurtent le toit de la voiture, et nous essayons de le faire oublier Nous n'allons pas au trot, mais d'un bon pas, et chacun mesure l'envie collective d'en finir en soutenant à bout de bras et avec des sourires, des conversations, des bavardages dilués qui nous éloignent du mort oblong. Nous connaissons aussi les messes mortuaires, le murmure accéléré et incompréhensible, la grosse bruine d'eau bénite. Nous comparons — nous, les vétérans — le numéro du défunt père Bergner à celui de Favieri, son successeur, ce petit Italien noir, émacié, à l'expression provocante, indomptable, presque obscène.

Nous connaissons aussi les récitatifs nécrologiques, et nous les subissons les yeux baissés, le chapeau posé sur le pubis.

Nous connaissons tout cela. Nous savons tous à quoi ressemble un enterrement à Santa María ; nous pouvons le décrire à un étranger, nous pouvons en faire le récit épistolaire à un parent éloigné. Mais ce que nous ne connaissions pas c'était ce genre d'enterrement, cette manière d'enterrer.

J'ai commencé à y être mêlé, ironique et désinvolte, sans même m'en douter lorsque le commis de Miramonte vint s'asseoir à ma table de l'Universal ; il s'excusa et me parla du foie de sa belle-mère. Il en faisait trop, il mentait, il cherchait à s'effrayer. Je ne lui donnai pas le plaisir de le croire. Ses moustaches et les manches de sa chemise sont trop longues, il agite ses mains devant sa bouche comme s'il chassait langoureusement des mouches. Pour être désagréable, je suggérai l'ablation de la vésicule ; je le laissai m'inviter, et je regardai avec enthousiasme l'été sur la place, à travers la fenêtre lessivée ; j'eus l'intuition d'un bonheur au-delà des nuages secs sur les vitres. Ensuite il mentionna le bouc — ce fut la première fois et j'aurais pu ne pas l'entendre —, tandis que je fumais et lui pas, parce qu'il est avare, têtu, et croit que l'avenir mérite que l'on se surveille pour lui. Moi, je le répète, je fumais en détournant le visage pour lui faire comprendre qu'il devait s'en aller. Je regardais les tourbillons blancs qu'avaient laissés sur la vitre le savon et le chiffon, et j'essayais de me convaincre que l'été était arrivé. C'est alors qu'il dit :

« ... le fils des Malabia, le cadet.

— Le seul. C'est le seul qu'il leur reste », fut mon commentaire en aparté, méchant mais courtois.

« Excusez-moi, c'est l'habitude. Ils étaient deux. Un chic type, Federico.

— Oui, dis-je en me retournant pour le regarder dans les yeux et le vexer. Grimm l'a enterré. Un service parfait. » (Mais lui, Caseros, le commis de Miramonte, se disait que plus tard, vers midi, j'allais faire « sarcome » en parlant de sa belle-mère. Il ne voulait pas s'en aller. Il a eu raison, selon ce que j'ai appris plus tard.)

« M. Grimm est l'honneur de sa profession », dit-il, élogieux. Il mordit une olive et contempla le noyau dans le creux de sa main.

Et cet été me semblait atténué par la confusion blanchâtre du nuage sur la vitre, au-dessus de la place, sur la place même, sur la rivière paisible à quelques centaines de mètres de là. C'était l'été qui enflait à trente mètres d'ici, charriait du néant, un air lent, une odeur de jasmin en provenance des fermes, la tendresse d'une peau étrangère se chauffant au soleil.

« L'été, dis-je plus ou moins directement, à lui ou à la table.

— Comme je vous l'ai dit, le petit Malabia est venu me voir, et il parlait en avalant ses mots. J'ai compris qu'il s'agissait d'un deuil. Mais il n'avait pas, que je sache, un seul parent malade. Bien sûr, ça pouvait être un accident, ou une crise, ou quelque chose d'inattendu, et une fois qu'on s'est compris, il me demande l'enterrement le moins cher possible. Il est pâle et nerveux, les mains dans les poches, accoudé au comptoir. Je vous parle de ce matin, dès que j'ai ouvert, parce que M. Miramonte me confie les clefs, et certains jours il ne vient même pas. Un enterrement. Je lui demande, étonné et avec un peu de peur, s'il s'agit d'un proche. Mais il secoue la tête et dit que non, il dit que c'est une femme qui est morte dans une des baraques sur la côte. Je n'ai pas voulu lui en demander plus, par discrétion. Je lui dis un prix, et il se tait, comme pour réfléchir. Mais j'ai pensé tout de suite que s'il ne payait pas, il y aurait le père. Vous connaissez le garçon, il est assez orgueilleux, sérieux. Pas comme l'autre, l'aîné, Federico, celui dont on causait tout à l'heure. Cependant, je lui ai dit de ne pas s'inquiéter pour le paiement. Mais il ne voulait rien savoir, il était mort de sommeil, gardait les mains dans ses poches et refusait de me regarder. Il m'a demandé le prix comptant de l'enterrement le moins cher. Il a sorti de l'argent de sa poche et a posé un billet après l'autre sur le comptoir, il y en avait tout juste pour le cercueil et la voiture, sans plus. Je lui ai dit oui, et il m'a donné l'adresse, c'est sur le bidonville de la côte, aujourd'hui à quatre heures. Il avait un certificat de décès, en bonne et due forme, établi par ce nouveau médecin de la clinique.

— De l'hôpital, dis-je.

— Le docteur Ríos, insista-t-il avec enthousiasme. Et donc, à quatre heures je lui envoie la voiture. Du point de vue de l'âge, elle aurait presque pu être sa mère, elle a au moins quinze ans de plus que lui. Je ne comprends pas. S'il s'agissait d'une amie de la famille, d'une connaissance, le père serait venu. Ou lui, mais il n'aurait pas chipoté, il n'aurait pas insisté pour payer comptant, il ne ferait pas enterrer cette bonne femme presque comme un chien. Rita García, je crois. Ou González. Célibataire, infarctus, trente-cinq ans, les poumons bousillés. Vous comprenez, vous ? »

Je n'y comprenais rien. Je ne lui parlai pas de cancer, mais d'espoir, et le laissai payer.

« Et c'est de quel côté des baraquements ?

— Près de l'usine. Il a essayé de m'expliquer. Mais le cocher demandera, et on saura lui dire tout de suite. Il connaît le coin, en plus.

— Au grand cimetière ?

— Qu'est-ce que vous croyez ? Qu'on va l'enterrer à la Colonie, peut-être ? Fosse commune dans un mois. Mais on sauvegarde toujours les apparences. » Ça me rassura. Et c'est alors qu'il dit : « En plus, il y a un bouc. Il appartenait à la femme, elle l'élevait. Un vieux bouc. Je l'ai appris après que le petit Malabia fut venu me demander mes services. »

Donc, tout de suite après la sieste, je m'aventurai dans l'été au volant de ma voiture, sans grande envie de me sentir triste. À quatre heures et quart je fumais une cigarette devant le grand portail du cimetière, tout tassé en haut de la montée du chemin. L'été, les trompeuses incitations de tant d'autres étés, les colonnes de fumée de cuisine dans les hauteurs.

Il devait être quatre heures et demie quand je vis ou commençai à voir avec méfiance, presque avec haine. Le gardien était sorti dans la rue — les mottes grises, les veines profondes de terre presque humide —, il me salua et voulut me parler ; deux hommes en bras de chemise, avec des petits mouchoirs serrés autour du cou pour absorber la sueur de la tâche imminente s'ennuyaient et attendaient, adossés au portail.

Ils n'arrivèrent pas par en haut, par le chemin d'enterrement que nous connaissions tous. Ils surgirent soudain sur la gauche, en s'agitant lentement sur le ruban de terre ensoleillée. Ils étaient trois ou quatre, et avaient refusé l'itinéraire que nous croyions tous immuable. Ils avaient contourné la ville et fait un long détour, par un chemin beaucoup plus long, inconfortable, compliqué, entre des chaumières et de pauvres pavillons, obstrué par des fossés, des poules et des vaches endormies. Je l'ai reconstitué plus tard, chez moi, tandis que le garçon essayait de me persuader de choses qu'il ne faisait que supposer, ou qu'il ignorait.

Le gardien du cimetière avait une matraque inutile qui pendait à son bras. Il sortit dans la rue et regarda des deux côtés. Moi je fumais, assis sur une pierre ; les deux types en bras de chemise se taisaient, adossés au mur, les bras ballants, les mains dans les poches ou dans la ceinture du pantalon. Exactement ça : un cactus, le mur du cimetière en pierres sèches, un mugissement répété sur le fond invisible de l'après-midi ; et l'été encore indécis avec son soleil blanc et tâtonnant, le bourdonnement des mouches, l'odeur d'essence qui me venait de la voiture, indolente ; l'été, la sueur comme de la rosée, la paresse. Le vieux toussa à ma place et finit par émettre quelques jurons. Alors je me levai pour me détendre, j'aperçus le chemin dénudé, je regardai sur ma gauche et j'esquissai lentement une grimace de haine et de méfiance.

Dans le balancement de sa coupole noire et luisante, le corbillard gravissait lentement la rue, traîné par un attelage incolore. J'aperçus la croix sombre, le haut-de-forme du cocher et sa petite tête penchée, les chevaux nains, rétifs, d'une couleur scandaleuse, presque des mules en train de tirer une charrue. Ensuite, solidifié par le soleil, brun et doré, suivait mollement le nuage de poussière. Et tout de suite après sa mort, immédiatement après, quand la lumière occupa de nouveau, sans se presser, la région de terre remuée, je les vis, je mesurai leur approche maladive. Je vis les deux petits nuages indépendants qui s'élevaient en se renouvelant, pour leur donner un fond, sans se rejoindre. Entre-temps, le visage du cocher penché sur le siège surélevé du corbillard, son expression de patience offensée, s'approchait de moi.

Ça, cet enterrement. Une voiture transportant un mort, comme toujours. Mais cinquante mètres plus loin, derrière, rétrécis, éreintés, et néanmoins décidés à arriver au cimetière, même si celui-ci s'était trouvé à plusieurs kilomètres, le garçon et le bouc, la bête un peu à la traîne, conduite ou à peine guidée par une grosse corde, presque sur trois pattes, mais ne refusant pas de marcher. Rien d'autre, personne. Le dernier tremblement de la poussière qui se dépose, l'ardeur apprivoisée de la lumière du chemin.

« Laissez-moi faire », dit le plus maigre des deux hommes en chemise, et il s'écarta du portail et sortit dans la rue. Il donna une tape sur l'épaule du gardien, qui rouspétait la tête levée en direction du siège du cocher. « Pourquoi vous n'entrez pas, Barrientos ? Nous avons de la bière dans la crypte. »

La voiture s'était arrêtée sans heurt, sans effort des rênes, sans volonté de l'attelage osseux et courbé, et d'une manière si absolue, si définitive, qu'on avait du mal à croire que tout cela avait pu se trouver en mouvement. La sueur des chevaux redonnait vie à la noirceur austère des taches de teinture qui restaient des enterrements précédents ; une triste odeur enveloppa aussitôt la voiture et les animaux, et aida l'étonnante tranquillité à les isoler de l'après-midi et du monde. La voix leur parvint, lente, hostile et stridente comme le chant d'un oiseau métallique.

« C'est contraire aux lois, et vous le savez, dit Barrientos, le cocher. J'ai tellement soif que ça m'est égal de boire de la bière ou de la pisse de cheval. »

Le visage de Barrientos était vieux et ramolli, avec de petits yeux ternes sous des sourcils gris proéminents ; une grande bouche maigre en forme d'arc plantée au milieu de la barbe mal taillée, et un masque de rancœur résignée, émouvant.

« Qu'est-ce que ça vous coûte, Barrientos ? insista le type. Vous ne risquez rien, il n'y a pas d'autre enterrement aujourd'hui. Pensez un peu que le trou est tout au fond, presque à un kilomètre, et que personne n'a suivi le corbillard et ne peut donner un coup de main.

— Je sais bien que personne ne l'a suivi, et même il aurait mieux valu que personne ne le suive, du tout. »

Rien au monde ne pourrait le faire sourire. Il se dressait en arrière pour accentuer la hauteur du siège, de son importance menacée, et il suait comme s'il y prenait plaisir, comme s'il voulait exprimer silencieusement sa protestation et alléger son humiliation. Il était enveloppé dans un manteau d'hiver qui ne laissait voir que ses mains ; le haut-de-forme gras avait une cocarde emplumée, noire et violette. Il tira un cigare de quelque poche et se mit à le mordre.

« Réfléchissez, Barrientos, dit l'autre, n'y croyant déjà plus. Un kilomètre en jouant des mains et des pieds, et personne pour tenir les poignées. Faites entrer le corbillard, au moins jusqu'à l'avenue. »

D'une façon experte, sans se pencher, sans bouger la tête, Barrientos cracha le bout du cigare sur sa gauche et fit craquer une allumette.

« Faites-vous aider par le bouc. Le bouc et l'autre. Moi je ne ferai pas entrer ma voiture dans le cimetière, c'est interdit, et je ne vous aiderai pas non plus. Un mort pauvre ou un mort riche, pour moi c'est pareil. Ce n'est pas à cause de ça. » Il tenait le cigare au milieu de la demi-lune de sa bouche et contemplait, en l'observant inconsolablement, la fumée bleue qui s'élevait doucement dans l'après-midi sans vent. « Deux voitures, vingt voitures, pour moi c'est pareil. Mais traverser la ville avec le bouc et l'autre derrière, et la racaille en train de rire aux portes des maisons, ça non ! C'est indécent. Je n'entre pas, et je ne descends pas. Je suis cocher. Faites-vous aider par le bouc. »

Boiteux, la barbe baveuse, une patte serrée entre deux planchettes, le bouc était arrivé à la porte du cimetière. Il frottait son museau contre les herbes courtes qui bordaient le fossé, sans parvenir à les manger. Le fils Malabia avait les bras croisés et supportait ses tiraillements sans lâcher la corde ; décoiffé, sale, luisant de sueur, mort de fatigue, il me regardait d'un air arrogant ; à présent il avait moins d'aplomb, mais il conservait par inertie l'état d'esprit défiant qui lui avait permis de marcher pendant quarante minutes derrière le corbillard, en traînant le vieux bouc gigantesque.

Le fossoyeur et Barrientos continuaient de discuter sans passion. Jorge Malabia tira le bouc du fossé et se dirigea vers moi ; il esquissa un geste coléreux et innocent, avec cet air qu'ont les adolescents pour faire face aux hommes, aux adultes.

« Pourquoi êtes-vous ici ? dit-il, sans poser de question. Je n'ai plus besoin de personne. S'ils ne veulent pas la porter, je la porterai sur mes épaules, ou je la traînerai, ou je la laisserai ici. Ça n'a plus d'importance. Mais il fallait l'accompagner. Vous comprenez ? Personne ne peut comprendre.

— Je passais par là, mentis-je joyeusement. Je venais de voir un malade et j'ai visité le cimetière parce que je me suis mis à penser à mon prochain déménagement.

— Parce que j'ai un certificat en règle, hein ! Ou alors vous venez pour l'autopsier ? » Il voulait se moquer, ou il ne voulait pas entendre le marchandage ennuyeux du fossoyeur et de Barrientos dans son dos. Une mèche presque blonde collée de travers sur son front, un grand nez courbe, qui aurait seulement un sens dix ans plus tard, et un costume comique à la dernière mode de Buenos Aires.

« Vous n'aurez pas à laisser le cercueil dehors », lui dis-je, et je me penchai pour caresser les cornes du bouc. « Je vais vous aider. »

Alors, le vieillard, le gardien, touché par l'histoire de mortification que Barrientos sécrétait avec indolence du haut de son siège, s'approcha et posa le gourdin sur l'épaule de Jorge.

« Le bouc n'entre pas ici ! cria-t-il. Vous avez compris ? Le bouc n'entre pas dans mon cimetière ! »

Le garçon continua de me regarder, et j'eus l'impression que le petit sourire qu'il esquissa était de soulagement et d'espoir.

« Ne me touchez pas, vieux dégueulasse, murmura-t-il. Rangez votre bout de bois. »

J'écartai le gardien et proposai de porter le cercueil. Barrientos resta assis à fumer sur son siège, noir, en sueur, vexé. Le vieux ouvrait la marche en balançant son gourdin, et se retournait tous les dix mètres pour nous donner des conseils. Nous n'étions que quatre et c'était suffisant, malgré la chaleur, malgré les ondulations incroyables de l'itinéraire entre des dalles et des monuments. C'était presque comme porter une caisse vide, en bois brut, avec une croix gravée sur le dessus. Le bouc était resté à l'entrée, attaché à une grille. C'était comme porter, dans un rêve heureux, au milieu d'anges, de colonnes tronquées et de femmes en pleurs — entre des élégies gravées, des promesses, des exaltations et des dates —, le fantôme léger d'un mort ancien, respectueux et craintif, entre les planches d'un bois noueux.

Nous avons posé la caisse par terre, et un des hommes se laissa tomber silencieusement dans la fosse toute fraîche. Le garçon m'agrippa le bras.

« C'est fini, dit-il. C'était tout, le reste ne m'importe pas. De toute façon, merci. »

Au portail, il détacha le bouc et se releva ; il était encore arrogant mais commençait à s'apaiser ; il retournait à la sécurité attendrie et cynique d'où on l'avait tiré.

« J'aurais pu la laisser là-bas et m'en désintéresser. L'obligation que je me suis imaginée était de l'accompagner jusqu'au cimetière avec le bouc. Je crois qu'il a une jambe cassée, et depuis plusieurs jours il ne mange presque pas. J'aimerais que vous fassiez quelque chose, mais ne vous inquiétez pas, ça n'en vaut pas la peine, et peut-être vaut-il mieux que personne ne puisse rien faire pour lui. »

Sans nous regarder, perché en haut de l'immobilité noire du corbillard, Barrientos cracha par-dessus la tranquillité délavée des chevaux et continua de fumer.

Ensuite, nous avons contemplé le soleil déclinant et la colline verte cultivée à droite du cimetière. Nous étions fatigués. Je vis son sourire satisfait, je respirais l'odeur du bouc, qui se mélangeait à l'obscurité du corbillard et de l'attelage.

« Pourquoi ne me posez-vous pas des questions ? dit le garçon. On ne peut pas me tromper. Qu'allez-vous faire maintenant ? »

Je lui donnai une cigarette et en allumai une autre.

« On peut mettre le bouc sur le siège arrière » fut ma réponse. « On peut aller chez moi et essayer de deviner ce qu'il a à la jambe, et combien de temps il lui reste à vivre. Je me trompe rarement. Je ne pense rien faire, rien qui mérite le ton que vous avez employé. »

Nous avons placé le bouc à l'arrière — je l'entendis gémir et s'installer, un bruit sec de boules de billard, d'articulations qui heurtaient la portière —, et je me mis à rouler vers la ville. J'entendis ensuite le halètement de l'animal, incessant, comme un bruit du moteur de la voiture. J'empruntai le chemin qu'avait suivi le cortège funèbre, car c'était le plus long.

Au virage de Gramajo, je relâchai doucement l'accélérateur et parlai :

« Quand est-ce qu'il s'est cassé la patte ? »

Il rit. Il avait les jambes croisées et les mains sur le ventre.

« Il y a un jour, ou deux, ou trois, ou une semaine, dit-il lentement en regardant le paysage. Les choses sont confuses vers la fin, ou elles me semblent confuses maintenant. Une fois que j'aurai dormi, on verra. Le bouc n'a plus de maison, parce qu'elle vivait dans la maison qu'un parent lui avait prêtée, une belle-sœur ou une tante. Une vieille immonde, en tout cas. Mais c'était pas sa grand-mère ; elle avait bien su naître sans elle. Je vais donc devoir le prendre chez moi jusqu'à ce qu'il meure, et j'aurai à inventer un mensonge stupide, parce que ce sont les seuls qui marchent. Mais vous, pourquoi ne posez-vous pas de questions ? La patte du bouc ne vous intéresse pas. Demandez-moi qui était la femme, la morte. Si c'était ma maîtresse, si on s'était marié en secret, si c'était ma sœur putain. »

Il faisait semblant d'avoir de l'aplomb, de la maturité, assis à ma gauche dans la voiture, les bras croisés sur son ventre ; sa tignasse ébouriffée d'adolescent lui tombait sur les yeux ; son ridicule costume de citadin. Moi, je conduisais d'une main et je tenais ma cigarette de l'autre. Le bouc bêlait dans mon dos, inquiet et puant. Je ne pensais pas à la femme ; je le voyais avancer péniblement dans la rue du cimetière, séparé de moi par le cercueil au poids absurde. Maigre, jeune, noble, obstiné, jouant correctement jusqu'à la fin le jeu qu'il s'était imposé, avec ardeur et sans vraie conviction. Bouche bée à cause de la soif et de la fatigue, avec son étonnant veston sombre, neuf, serré à la taille, très court, trois boutons, un foulard d'un blanc jauni bien arrangé sur sa poitrine, un col dur et brillant, tout récemment sali, une chemise qui exhibait ses pâles rayures dans le triangle du gilet en velours.

« Oh ! dis-je. Je veux seulement vous être utile. Je pourrais peut-être soigner le bouc, mais plus la femme, qui qu'elle ait pu être. »

Il acquiesça de la tête et rit de nouveau ; toujours aussi sûr de lui, il exigeait qu'on le comprenne mais ne se faisait pas trop d'illusions. Arrivé à la carrière de chaux, je tournai à droite pour remonter vers le centre-ville.

« Attendez, attendez », dit-il en me touchant le bras. J'allumai une cigarette après avoir stoppé ; il n'en voulut pas une autre. « Vous pouvez le tuer ? Le bouc. Allons chez vous et faites-lui une piqûre. Ce sera un autre enterrement.

— Je ne m'y connais pas tellement, question boucs. Mais je peux essayer de le soigner.

— C'est bon, continuez. Si vous passez par la côte, vous pouvez me déposer chez moi. »

Une fois arrivés, je ne voulus pas l'aider à descendre le bouc. Je vis dans le rétroviseur que l'animal ne voulait pas avancer ; la petite planche sur la patte était fixée par des bouts de ficelle, on aurait dit une pousse d'arbre. Le garçon inspecta un moment le devant de la maison, puis il s'approcha de la voiture en souriant.

« Donnez-moi une cigarette maintenant, s'il vous plaît. J'ai fumé toutes les miennes pendant la veillée funèbre. C'était presque une veillée à deux, comme l'enterrement. Le bouc n'a pas sali votre voiture. Il va crever, comme il se doit. Je m'imagine déjà en train de creuser un trou dans le jardin. Bon, je vous remercie pour certaines choses dont vous n'avez même pas idée. »

Je m'installai sur le siège et j'agrippai le volant. Nos regards se croisèrent à travers la vitre baissée de la voiture, chacun avec sa cigarette à la bouche.

« Prenez un bain et dormez, lui dis-je. Si le bouc ne meurt pas, je suis à votre disposition pour le soigner.

— D'accord, murmura-t-il en faisant bouger sa cigarette. En plus, il faut que je vous remercie de ne pas m'avoir tutoyé. »

2

J'ai dit que l'enterrement avait eu lieu un samedi. Le samedi suivant, vers six ou sept heures du soir, Jorge gravit l'escalier de ma maison, traversa le hall vide et vint frapper aux carreaux de la porte. Deux coups, le deuxième plus audacieux. Moi, je m'ennuyais ; je lisais péniblement une fantaisie de Pende, tout en écoutant d'une oreille, par la fenêtre ouverte, le bourdonnement de la soirée sur la place.

Il ne portait plus son costume de citadin, mais un autre déguisement, qui cet été-là était presque déjà l'uniforme des jeunes gens pas tout à fait pauvres de Santa María : un pantalon bleu très serré, une chemise à carreaux déboutonnée, un blouson de cuir très fin avec une fermeture Éclair, et des espadrilles. Il m'offrit une cigarette — c'étaient des américaines et il laissa le paquet sur le bureau —

et se mit à tourner en rond, à regarder les couvertures des livres, le mouvement sur la place. Ensuite, il vint s'asseoir à un coin du bureau et sourit pour s'excuser, et brûler rapidement un reste de rancœur.

« Je vous devais ça. Je suis venu, dit-il simplement. Il est mort. Aujourd'hui à midi. Je n'ai pas pu le forcer à manger. J'ai sérieusement songé à le tuer. Mais je n'en ai pas eu besoin, et après tout ce n'était qu'un animal, ça m'était égal qu'il soit vivant ou mort. Attention, j'ai moi-même creusé le trou, je l'ai enterré. C'était étrange de le voir mort : il avait le ventre gonflé, mais ses pattes ressemblaient à ces bouts de bois frêles, noirs et blancs, dont on fait des jouets en forme de mouton. L'autre, bien sûr, c'était différent. »

Je compris qu'il se vantait, qu'il n'osait pas vraiment se souvenir. Pleins d'indulgence, notre discussion tourna un moment autour des études, des femmes, de la ville et des théories de Pende. Après un déjeuner au Berna, nous sommes revenus avec deux bouteilles sous le bras, en traversant la place, le samedi d'été peuplé de couples et de familles, lourd de cette nostalgie inévitable, apprivoisée, qu'imposent le fleuve et ses odeurs, le demi-cercle invisible de plate campagne.

Il regarda de nouveau les livres et s'assit à côté du bureau.

« C'est incroyable, dit-il. Peut-être pourrez-vous m'aider à y croire, ou à cesser d'y croire. Parce que ça revient au même. Vous savez ce que c'est : il y a des choses qui nous arrivent et nous dominent au moment où elles se produisent. On donnerait sa vie pour les aider à être, on se sent responsable de leur réalisation. Je me suis occupé de tout; mais ma participation a vraiment duré quatre ou cinq jours, et elle a pris fin beaucoup plus tard, samedi au cimetière. Ou alors elle a définitivement pris fin hier après-midi, quand j'ai manié la pelle au fond du jardin et que j'ai creusé une tombe à peine suffisante pour un vieux bouc puant, même si une fois mort il a cessé de puer, avec ses pattes en bois, parallèles dans ses poils raides et jaunes de vieillesse.

— Oui », acquiesçai-je. Je ne cherchais pas à m'orienter, je ne voulais pas le forcer à me faire le récit de l'aventure. Je voulais que ça me tombe du ciel, je voulais me laisser surprendre sans violence. « Jusqu'à présent, je ne comprends rien, et je refuse d'avoir des soupçons. Mais ce que vous dites, je le comprends. Même s'il se peut qu'en fait votre participation prenne fin seulement lorsque vous aurez achevé votre histoire.

— Il y a aussi de ça », dit-il docilement, et il sourit pour me remercier. « C'est possible. Parce que je l'ai vécu, ou je l'ai appris par bribes. Et les bribes me parvenaient très éloignées les unes des autres (surtout dans le temps, et à cause de ce que j'avais fait entre-temps). Je n'ai jamais su l'histoire en entier. Le moment idéal, c'eût été il y a une semaine, pendant la veillée funèbre, pendant cette partie fantastique de la veillée où nous étions seuls, elle et moi. Sans compter le bouc, bien sûr. Mais la seule chose qui me semblait avoir de l'importance à ce moment-là, c'était la pitié. Toutes les bribes dont je me souvenais ne servaient qu'à exacerber ma pitié, et c'est grâce à elles que j'ai pu rester jusqu'à l'aube au point précis de la souffrance qui me rendait heureux, un peu en deçà des larmes, que je sentais se former, mais qui n'arrivaient pas à couler. Et en plus, la rancune, contre tout le monde, contre nous tous. Mes souvenirs nourrissaient ma pitié, ma rancune et mes regrets, et ils me poussaient au bord des larmes, comme ils m'avaient poussé au bord du mariage — mais pas plus loin —, il n'y a pas si longtemps. Je m'en tire toujours. Et même quand on en parlait avec Tito, je n'ai jamais eu l'impression que l'histoire formait un tout complet, avec un ordre trompeur mais implacable, avec un début et une fin, comme quelque chose de vrai, en somme. Mais peut-être cela se produira maintenant, si je vous le raconte, si je trouve la bonne manière de vous le raconter.

— Essayez donc, conseillai-je avec douceur. Mais ne vous forcez pas. Peut-être aurez-vous de la chance. Buvons un peu de vin. »

Je le vis sourire tandis qu'il se penchait pour remplir les verres. Une courte mèche de cheveux couleur bronze barrait son front. Quelque chose d'authentique, de pur, une sorte de noblesse joyeuse triomphait de ses vêtements ridicules, de sa frivolité, de son égotisme, et de la décision de se sentir vivre à n'importe quel prix. Et ce quelque chose, cette forme, ne provenait pas de l'expérience dont il cherchait le souvenir, ou qui continuait de l'imprégner sans qu'il s'en souvienne ; il émergeait d'années futures, à venir, et fondait sur lui lentement, comme des nuages. Il ne pouvait donc pas le fuir ni le rejeter. Alors, pendant que je le regardais mordre le verre et boire anxieusement, comme s'il avait eu vraiment soif, je compris que s'il parvenait à me raconter son histoire il y dépenserait ce qui lui restait de son adolescence. Pas de son enfance : ce qui en restait ne mourrait jamais. L'adolescence : les conflits idiots, l'irresponsabilité, la dureté inutile. Je le regardai en un adieu discret, avec de la peine et de l'orgueil.

Il se promena dans la salle, son verre de vin à la main, ses espadrilles silencieuses sur le tapis.

« Ça ne vous dérange pas que je marche ? » demanda-t-il. Il buvait, le visage tourné vers la petite nuit de la place, provinciale, humide, avec des bruits d'automobiles, de musique, et quelques cris de jeunes filles.

« L'histoire, dit-il pour se donner du courage ou pour annoncer le récit, a commencé il y a longtemps ; deux ans en ce qui me concerne, ou plus. Mais quand je dis plus, je ne parle pas de la même femme. Parce qu'ils étaient là tous les soirs, à cinquante mètres de ma maison, de la pension, de ma fenêtre, jusqu'à l'aube parfois, à l'heure où arrivait le train de Mar del Plata, seuls à ne jamais changer, même s'ils vieillissaient, seuls à être indispensables. La femme et le bouc, la femme qui avait été jeune et le bouc qui avait été cabri.

« Et remarquez ceci, car c'est une chose qui m'a beaucoup inquiété, même si je ne saurais plus vous dire pourquoi. Pendant toute la première année elle a dû faire les trois-huit dans la gare, son tour de garde comme un policier en faction, sans que ni Tito ni moi on s'en aperçoive. Je veux dire que non seulement nous n'avons pas compris ce qu'elle signifiait — petite, sombre, misérable, avec le bouc attaché à une corde, à côté de l'immense escalier d'entrée, sur la place —, mais qu'en plus on ne l'a même pas vue. Et nous sommes nécessairement passés à côté d'elle des centaines de fois pour prendre le métro, ou aller boire de la bière à la pizzeria, ou dans les bocks en bois du Munich.

« Nous nous en sommes aperçus seulement à la fin de la première année. Et remarquez aussi ceci : nous l'avons appris ici, à Santa María, pendant les vacances. Je ne sais plus qui, de Tito ou de moi, a été le premier à le savoir. Mais nous en avons parlé au club un après-midi, pendant que nous bronzions au soleil en regardant les plongeons d'essai dans la piscine sans vraiment nous y intéresser, parce que notre première année à Buenos Aires nous avait un peu éloignés de tout ça. Ou alors c'est qu'on voulait que les gens nous imaginent différents, étrangers ; on faisait tout ce qu'on pouvait pour donner cette image de nous. Nous étions en train de regarder les plongeurs en attendant la fin du dimanche, l'heure où commencerait le bal, la chaude fête que nous traverserions d'un bout à l'autre avec des sourires figés, des visages en sueur, ennuyés, tolérants, jusqu'à ce qu'on éteigne le dernier lampion sur le dernier cotillon.

« Ça nous a mis en colère, nous nous sommes sentis humiliés parce qu'il s'agissait de Godoy, le commissionnaire. Nous l'imaginions, gros, moustachu, vieux, en train de découvrir la jeune fille dans la gare, de lui donner ou de lui refuser quelques pièces, puis de se cacher derrière les colonnes pour l'espionner. Et tout ça, probablement, la première fois qu'il est passé à côté d'elle, alors que nous, nous avions été aveugles pendant un an. Nous étions furieux et humiliés parce qu'il avait posé avant nous ses mains de cochon, sa voix de cochon, sur l'histoire de Rita et du bouc. Plus tard nous n'y avons plus accordé d'importance, parce que son histoire était différente, fausse, puisqu'il était indigne de la vérité et du secret. Mais si sa voix a cessé de nous tourmenter — cette voix méfiante qui discutait le prix du billet avec la fille, le soir où ils se sont rencontrés à la gare de Constitución —, elle est devenue pour nous encore plus odieuse et insupportable. Je veux dire la voix étouffée de Godoy en train de raconter, une fois rentré de voyage, l'histoire — la toute petite partie de l'histoire qu'il lui avait été donné de connaître — à tous ses amis de Santa María.

« Mais de toute façon, c'est comme ça que nous l'avons appris. Et quand je parle de tourments, j'anticipe. Les tourments sont venus ensuite, quand nous avons commencé à comprendre de quoi Godoy s'était approché ce soir-là, à la gare. Au début, nous n'avons ressenti que du dépit : lui, Godoy, ce gros imbécile, âgé de quarante ans ou plus, avait découvert ce qui s'était trouvé, tous les soirs, ponctuellement, sur notre passage, sur le chemin que nous parcourions tous les deux quatre fois par jour.

« Le type était chargé de bagages, parce qu'il revenait d'une expédition commerciale dans le Sud. Par hasard, il pleuvait : il ne devait pas avoir son imperméable, ou il voulait éviter de mouiller ses moustaches et ses lunettes. Alors il n'est pas sorti directement, il n'a pas immédiatement descendu l'escalier pour chercher un taxi. Il est resté à rouspéter sous la grande voûte de la sortie, sous la lumière qui tombait de la verrière. Et elle aussi, parce qu'elle ne voulait pas profiter de l'attendrissante complicité de la rue, ou parce qu'elle voulait s'abriter, ou abriter le bouc qu'elle avait finalement cessé de détester, sans le savoir. Elle se trouvait en haut, dans la région éclairée de la sortie ; elle examinait les passants et choisissait ; elle se trompait rarement, grâce à une intuition exercée.

« C'est comme ça que nous l'avons appris, Tito et moi, ici, à Santa María. "J'attendais qu'il cesse de pleuvoir, ou que se disperse le groupe de gens qui cherchaient des taxis, quand la femme s'est approchée de moi en traînant le bouc. Elle me demande si je peux lui donner un petit quelque chose. Elle me dit — et je me doute tout de suite que c'est une histoire — qu'elle venait de je ne sais où ; sa tante, ou sa belle-mère, devait l'attendre à la gare, et elle est là depuis cinq heures de l'après-midi, sans un sou pour aller en voiture avec le bouc jusqu'à une adresse située à l'autre bout de la ville, à l'extérieur du plan, bien sûr, parce que comme ça le voyage est trop cher pour que je puisse la dépanner avec des petites pièces. Je lui pose quelques questions, et elle y répond bien ; elle connaît le truc par cœur. Par exemple, elle est de Coronel Guido et la tante, ou la cousine, vit à Villa Ortúzar. Elle me montre un bout de papier sale où est écrite l'adresse. Je lui dis de ne pas s'en faire, de prendre un fiacre — parce que les taxis ne voudront pas que le bouc leur salisse les sièges —, et en arrivant la famille paiera. Mais elle a aussi réponse à ça. La tante sera peut-être sortie pour aller à un enterrement, ou à un bal, elle ne sera peut-être pas à la maison, ou peut-être s'y trouvera-t-elle, mais n'aura pas de quoi payer la course. Pendant tout ce temps, pendant que nous causons et qu'elle pleure un peu, sans faire de simagrées, perdue dans la grande ville, un soir de pluie, avec un bouc tout tendre encore qu'elle apporte en remerciement de l'hospitalité parce qu'un certain type, le mari de la tante, de la belle-sœur ou de la sœur, aime beaucoup les grillades, pendant tout ce temps je me dis : je connais ce visage-là. Je ne le dis pas pour me justifier, parce que si je ne m'étais pas conduit comme un imbécile je ne l'aurais pas vérifié. Un peu parce que ça avait bien marché pour moi dans le Sud : je ramenais des commandes pour des milliers de pesos, un peu aussi parce que j'avais dans l'idée que ce n'était pas la première fois que je la voyais. Alors tout d'un coup j'en ai assez, et je commence à avoir honte à cause de tous les gens qui se sont arrêtés pour nous regarder et nous écouter discrètement. Je lui demande si je ne la connais pas déjà, si elle n'a jamais habité Santa María, parce que c'est par ici que je situais sa trace. Elle me répond que non, qu'elle ne sait même pas où se trouve Santa María. Alors soudain je lui dis : Venez. Elle a un peu peur, mais elle me suit. Tout le monde nous regarde ; moi, en train de descendre l'escalier avec les valises, puis m'enfonçant sous la pluie sans m'arrêter, et elle, un peu derrière moi, avec le bouc qui glissait sur les marches, et qui les a dévalées en roulant, ou qu'elle a porté dans ses bras. Je ne me suis pas retourné pour voir. Je la conduis aux canassons et je discute du prix avec un des cochers ; j'étais déjà en colère contre moi-même, et je me disais que j'étais incorrigible, mais je ne pouvais plus m'arrêter. Elle n'aimait pas ça du tout et me prenait par le bras, effrayée à l'idée que je donne l'argent au cocher. Mais je le lui ai donné à elle, de quoi convoyer un troupeau de boucs à Villa Ortúzar, ou je ne sais où, aller-retour, et je l'ai peut-être même aidée à s'installer, avec ses paquets et l'animal. Et j'ai même dû lui dire une petite phrase d'adieu : on est là pour s'entraider, aujourd'hui c'est moi, demain ce sera toi. Quelque chose dans le genre, trempé par la pluie ; je m'insultais moi-même, lentement, avec force, tandis que le cocher faisait claquer son fouet et qu'ils s'en allaient par la rue Hornos au petit trot, puis tournaient plus loin parce que c'est un sens interdit. J'ai traversé la rue, je suis entré dans un restaurant et j'ai oublié l'histoire en mangeant. Il devait être déjà dix heures quand je suis ressorti : par miracle un taxi vide passait par là, et je lui ai donné l'adresse de mon hôtel. Alors, tout d'un coup, je me suis souvenu de qui était la femme. Vous allez voir. Je m'en souviens, étonné de ne pas y avoir pensé plus tôt, et je fais exactement ce qu'elle avait dû faire. Je demande au chauffeur de faire le tour de la gare, prétextant avoir oublié quelque chose ; nous étions déjà à la hauteur de la poste. J'entre par la porte qui ne donne pas sur la place, je retraverse la gare avec mes valises, avec mes chaussures trempées, et je la retrouve, peinarde, au même endroit, avec ses paquets — Dieu sait ce qu'il y avait dedans — posés par terre, le bouc attaché à la corde, en train de raconter son histoire à un curé qui faisait semblant de ne pas entendre. Je suis resté là à regarder la pluie s'égoutter et cesser peu à peu, et pendant longtemps elle ne m'a pas vu. Jusqu'au moment où le curé a levé un bras pour lui dire au revoir, l'écarter ou lui donner sa bénédiction, puis a décampé. Alors nous sommes restés seuls, à écouter un train qui manœuvrait et les dernières gouttes de la pluie sur la verrière. Je cherchais son regard avec un sourire méprisant, et au moment où elle m'a aperçu je me suis rendu compte qu'elle ne savait que faire, pleurer ou m'insulter. Je ne pensais pas lui parler de l'argent qu'elle m'avait soutiré, mais plutôt de Santa María, du temps où je la connaissais. Mais je ne sais pas ce qui m'a pris quand elle s'est mise à ramasser les petits paquets pleins d'air ou de linge sale, toute tassée, et à tirer sur la corde du bouc qui se tenait tranquille, comme endormi. Elle l'a pris sous un bras et je l'ai laissée partir sans rien lui dire ; je l'ai vue descendre l'escalier, s'avancer sur la place et commencer le voyage jusqu'à la maison de la sœur ou de la grand-mère de Villa Ortúzar, à pied cette fois-ci. Bon, cette fille c'était une certaine Rita, que les Malabia avaient élevée ; je crois qu'elle était employée chez la folle Bergner, la veuve de l'aîné des Malabia. Quand elle a été grande et qu'elle en a eu assez de faire bonne, elle s'est mise à batifoler avec Marcos Bergner, à aller et à venir dans la petite voiture de course rouge, de la maison sur la côte jusqu'au Plaza, ou à n'importe quel autre bistrot d'où on n'avait pas encore éjecté Marcos. Ensuite, quand il en a eu assez d'elle après deux ou trois mois, comme d'habitude, elle a traîné avec tous ceux qui voulaient bien dépenser quelques pesos avec elle. Elle ne le faisait pas pour l'argent, c'était ça son côté étrange, elle voulait juste qu'on lui offre des verres, parfois un steak et qu'on l'emmène n'importe où, pourvu qu'elle puisse se soûler, et surtout danser. Rita, vous vous en souvenez sûrement.”

«Je m'en souvenais, et Tito aussi, mais naturellement il avait beaucoup moins de souvenirs que moi. Mes parents l'avaient élevée, et elle avait deux ou trois ans de plus que moi. Quand Federico, mon frère, s'est marié avec la sœur de Marcos, elle est devenue en quelque sorte la servante de Julita, ma belle-sœur. Je dis en quelque sorte parce que Julita était folle avant de devenir folle, avant même la mort de mon frère. Elle n'a jamais su classer les gens par catégories, elle n'a jamais eu des rapports définis avec personne. Rita a donc été successivement pour elle, et peut-être selon des répétitions cycliques invariables, une servante, une amie intime, une fille, un chien, une espionne, une sœur. Et aussi une rivale, une femme dont elle était jalouse. Parce que Julita était jalouse même du cheval de Federico, qui n'était pourtant pas une jument, et elle aimait cette jalousie douloureuse, elle cultivait tout ce qui pouvait la faire souffrir parce qu'elle avait besoin d'exacerber tous les éléments qui composaient son amour pour Federico, mon frère.

« Mais Federico, comme vous le savez, est mort assez tôt. Alors Rita, sans vraiment cesser d'être la servante et tout le reste de Julita, est redevenue d'une certaine façon notre servante, celle de mes parents et la mienne, celle de la maison. Julita a vécu chez nous, jusqu'au début de la folie, dans la partie de la maison où elle avait habité avec Federico, unie et séparée de nous par le jardin. Cette fille, Rita, traversait le jardin plusieurs fois par jour et montait l'escalier de chez Julita pour faire le nettoyage et le rangement. Du moins au début du veuvage de Julita : ensuite elle montait seulement quand l'autre lui ouvrait la porte. Parfois Julita descendait pour l'insulter avec non seulement les mots, mais aussi les phrases les plus grossières, les plus cruelles et provocantes qu'une femme puisse dire à une autre, puis elle la mettait dehors. Je vous parle du temps qui s'est écoulé entre la mort de Federico et le moment où la folie de Julita est devenue une véritable folie.

« Rita était alors, en ce début lointain, peut-être facultatif, d'il y a quatre ou cinq ans, une fille d'environ dix-huit ans, brune, avec un peu de sang indien, qui riait tout le temps et ne faisait pas attention à moi. J'avais seize ans, j'étais puceau ; c'était l'époque où on venait d'ouvrir le bordel sur la côte, et l'atmosphère était lourde de scandale. Je sais que rien de tout cela n'est important, que ça n'a aucun rapport avec le bouc. Si je vous le raconte c'est que tout cela explique l'importance que j'ai dû accorder, sans l'avouer à Tito, au récit de Godoy le commissionnaire, sa rencontre avec Rita à Constitutión.

« À l'époque du bordel et du veuvage de ma belle-sœur, Rita était la maîtresse de Marcos, le frère de Julita. Ce n'était pas vraiment sa maîtresse, c'est pour résumer que j'ai dit ça. Marcos arrivait le soir dans son Alfa Romeo, toujours ivre, elle lui ouvrait la porte et ils se couchaient. C'est tout. Quelques fois par mois, pas plus d'une heure à chaque fois, sauf quand Marcos avait trop bu et qu'il s'endormait. J'entendais le bruit de la voiture, du portail en fer, les pas dans le jardin. À cette époque-là, j'étais presque tous les soirs dans ma chambre, au dernier étage ; j'écrivais des poèmes, je pensais au bordel, à Julita et à la mort de mon frère. J'attendais un moment, je descendais dans le jardin, et je les épiais par la fenêtre, en grimpant sur la grille pour atteindre un coin que le rideau ne couvrait pas. Rita et Marcos. J'avais la conviction infantile que, si elle couchait avec un autre, elle ne pouvait pas refuser de coucher avec moi. Mais elle m'a dit non, elle riait sans me vexer, et sentait peut-être qu'une offense pouvait me faire mûrir et provoquer l'audace nécessaire.

« Ensuite elle est partie de la maison, tout

de suite après cet après-midi où vous êtes venu voir avec d'autres hommes ce qui restait de Julita, tout de suite après la fin du bordel, les pierres et l'incendie. Elle a fait ce que Godoy a dit. Pendant un temps elle s'est habillée comme une jeune fille riche, ou avec des vêtements qui lui en donnaient l'air, et elle a fait un peu de scandale dans la voiture de Marcos, ajoutant ce scandale à celui tout récent du bordel. Elle était mineure, et mon père aurait peut-être pu l'en empêcher. Je ne sais pas. En tout cas il n'a pas voulu le faire. Pendant un temps elle s'est promenée tous les après-midi dans la voiture de Marcos, de la maison sur la côte, le célèbre phalanstère, jusqu'à la place. Et tous les soirs elle revenait dans la petite voiture rouge et bruyante, gaie ou complètement soûle. Jusqu'au jour où Marcos n'a plus trouvé ça amusant, et l'affaire a connu une des fins habituelles : il l'a abandonnée toute nue au bord du chemin, ou il l'a jetée dans la rivière, ou il lui a donné une correction impardonnable, ou il a tout simplement disparu jusqu'au moment où la faim a obligé la jeune fille à sortir de la maison sur la côte pour aller chercher un déjeuner, c'est-à-dire un homme. Elle a traîné en ville, sur la place et les alentours, avec un type, puis un autre. Ensuite elle est allée sur l'autre rive, vers les cafés de la zone industrielle. Et on n'a plus rien su ; par glissements imperceptibles, un beau jour nous n'avons plus rien su.

« Jusqu'à cet après-midi ensoleillé de vacances, un samedi de bal, à côté de la piscine où des filles et des garçons plongeaient pour des médailles, où Tito et moi, étrangers en maillot de bain, prenions des rafraîchissements à une table. Un des garçons rapporta le récit de Godoy. Nous avons supporté la colère et l'humiliation, et je suis sûr que nous n'avons pas cessé de penser à la porte de Constitución, même si je ne crois pas en avoir reparlé avec Tito jusqu'au mois de mars, quand il a fallu retourner à Buenos Aires, à la Faculté, à la pension, au troisième étage sur la place.

« Je ne vous demande pas de fixer votre attention sur ceci ou cela. Je vous le suggère, tout simplement. Quand je vous dis d'observer quelque chose, je ne vous aide en rien à comprendre l'histoire ; mais peut-être ces suggestions vous seront-elles utiles pour approcher ma propre compréhension de l'histoire, de mon histoire.

— Bien sûr, d'accord, dis-je. Vous êtes arrivé à Buenos Aires. Tito et vous. Vous habitez le troisième étage d'une pension place de la Constitución. Aviez-vous vue sur la rue ? Si elle s'installait au pied de l'escalier qui donne sur la place, pouviez-vous la voir de votre fenêtre ? Et est-ce qu'elle se tenait à côté d'un marchand de journaux et de revues ? »

Il sourit et me dévisagea, légèrement heureux, légèrement méfiant. Il tira sa pipe de la poche arrière de son pantalon.

« Oui, exactement. À côté d'un marchand de journaux. Elle et le bouc. À gauche ils avaient l'escalier et à droite les journaux et les revues. Le marchand ne s'étonnait plus ; il la traitait avec respect, avec ce sens des généralités, ce besoin de se valoriser en tant que classe sociale qui caractérise les conversations des pas de porte des commerçants, et qui se situe au-delà des jalousies et des frictions inévitables de la libre concurrence. »

Pendant qu'il bourrait sa pipe, il me suggéra de fixer mon attention sur deux points. (Il m'avait déjà précisé que la pièce qu'ils occupaient donnait sur la place, mais qu'on ne pouvait pas apercevoir de là l'endroit où s'installait la femme.)

Primo, il était absurde de faire la manche avec un bouc à la gare de Constitución ; sa présence n'aurait ajouté de la vraisemblance qu'à la gare de Retiro. C'était étrange, mais il y avait seulement pensé il y a quelques jours, lorsque la maladie et la mort de la femme lui avaient rappelé l'histoire. C'était sûrement un mensonge.

Secundo, même si sa relation antérieure avec Rita lui avait fait comprendre, dès qu'il avait appris l'histoire de Godoy, que cette histoire était la sienne, pas celle de Tito, ni de personne d'autre, il préféra laisser Tito faire les recherches, tenter de l'approcher. Probablement, il croyait déjà que l'histoire lui appartenait plus qu'à la femme elle-même ; et à présent, c'était sans aucun doute ce qu'il pensait.

« C'est peut-être justement à cause de cette certitude, dit-il. Le jour où nous sommes arrivés à Buenos Aires, nous ne sommes rentrés à la pension qu'à l'aube. C'était une nuit chaude, orageuse. Nous n'avions pas parlé de Rita. Nous sommes sortis du souterrain de la gare, en rallongeant inutilement le parcours, et nous avons refait l'itinéraire de Godoy, pas celui de la méfiance, mais celui de la surprise. Elle n'était pas là. Nous nous sommes arrêtés pour regarder la place du haut des marches, et nous avons parlé des possibilités de pluie, des changements que nous croyions avoir trouvés, des avantages comparés de la vie à Buenos Aires et à Santa María. Elle n'est pas venue.

« Le jour suivant était férié, ou bien les

n'avaient pas commencé à la Faculté. J'ai passé la journée couché à lire, ou à regarder le plafond, et je n'ai pas voulu sortir avec Tito. Je pensais à elle, bien sûr, mais très au fond de moi-même je pensais à Buenos Aires, à l'extérieur, à ce qui m'entourait ; j'essayais de dénombrer les raisons de mon dégoût pour la ville et les coutumes de ses habitants. Tout ça sans oublier, naturellement, une énumération semblable pour Santa María. Tito est rentré à la tombée de la nuit et a tourné en rond dans la chambre ; il commençait des discussions qui ne l'intéressaient pas, il posait des questions auxquelles je ne répondais pas. Nous pensions à la même chose, je le savais, et je me suis mis en colère. Je pense qu'il serait déloyal que je vous dise maintenant ce que je pense de Tito, mais comme vous le connaissez, ça serait sûrement inutile. On peut être grassouillet, c'est un défaut, une erreur de jeunesse ; mais lui, il a décidé d'être obèse, il l'accepte. »

C'est probablement parce qu'il sentait monter en lui la pitié ; ou parce qu'il n'arrivait pas à me cacher que c'était la pitié — ou le remords, forme impure de la pitié — qui le poussait essentiellement à me raconter l'histoire. Plus que tout, plus que le plaisir d'une nuit entière à la première personne, plus que l'ivresse d'être le dieu de ce qu'il évoquait. C'est peut-être pour cela qu'il se permit certaines faiblesses : l'ironie, la vanité, la dureté.

« Imaginez-moi allongé sur le lit, cette même pipe appuyée sur le menton, en train de partager silencieusement un secret, un désir, avec mon imbécile ami de cœur. Peut-être que, quand mon père crèvera... Ou sans avoir à attendre. Vous savez, comme tout Santa María, que ma belle-sœur a laissé un testament, qu'elle n'était pas légalement folle quand elle l'a rédigé, et que je vais bientôt avoir vingt-deux ans. Je ne me cache rien. Je finirai peut-être comme vous, ou je me marierai avec la sœur de Tito, je deviendrai associé de la quincaillerie, et je me sentirai tout fier en voyant mon nom sur l'en-tête des factures. Tout est possible. Mais ça... Vous ne pouvez pas comprendre ce que représentait pour moi l'image de Rita et du bouc au bout de la corde, en train d'aborder les passants dans la gare avec son sourire usé. Et nous pensions tous les deux à la même chose : moi, silencieux et horizontal, et Tito qui tournait en rond et changeait sans cesse de sujet de conversation. Il s'imaginait avec enthousiasme une aventure probable, une nuit d'amour obtenue sans difficulté — puisqu'elle s'abaissait à ça, à mendier d'une manière débile —, partagée entre amis, à tour de rôle, selon le verdict d'une pièce jetée en l'air. Peut-être avec le bouc. Et ça me faisait rager de voir qu'une partie de moi-même s'embrasait à cette idée immonde, envahissante. Et ça me rendait furieux de savoir que pour moi la mendiante, la menteuse à l'animal, c'était en plus Rita, quelqu'un d'inconcevable pour Tito. Mais il ne fait aucun doute, toutes nuances mises à part, que nous pensions à la même chose, à la même rencontre, au même profit. »

Il était en manches de chemise, la populaire chemise à carreaux ; il mordillait sa pipe et exhibait dans un sourire d'espoir ses dents blanches et pointues. Il voulait que je le condamne. Ça lui aurait peut-être fait du bien, mais je m'y refusai.

« Je pourrais m'indigner », dis-je. Je voulus remplir les verres, mais il me prit de court, et j'aperçus alors, superposées et confondues, les deux sortes de respect qu'il avait pour moi. Celui de toujours, qu'il garde malgré tout, malgré tous les petits détails, parce qu'il sait que nous sommes de la même race et que j'y suis resté fidèle, surtout par indolence. Je pourrais être son père, et pas seulement par l'âge. L'autre respect était délibéré et faux : il l'utilisait pour se défendre, pour garder ses distances et une certaine supériorité. Mais je ne pensai pas : « C'est un enfant. » Je ressentis de l'amour et de la peine pour lui, et je le remerciai du vin. Je voulais bien faire l'imbécile si ça l'aidait à continuer son récit.

J'avais déjà eu l'idée de mon invraisemblance, vénéneuse contre-histoire, lorsque je me suis dit : « Rita, dont je ne me rappelle pas le visage, et un bouc. Voilà ce qu'il m'a répété, ce qu'il m'a montré pendant toute la soirée et depuis ce samedi où je les ai attendus au cimetière. Nous n'avons pas avancé d'un pas, d'un jour. La femme et le bouc. Comme s'il avait fait du tourisme avec eux, et qu'il me montrait à son retour deux ou trois douzaines de clichés sur lesquels on voit une femme et un bouc dans des poses variées. »

« Merci », dit-il, et il sourit de nouveau. Il alla jusqu'à la fenêtre et se pencha sur le silence qui envahissait peu à peu la place. Il revint en rejetant la fumée de sa pipe et sourit encore une fois. « Je n'ai pas besoin d'une aide active. Il suffit que vous m'écoutiez. Mais seulement si vous le voulez bien. Je ne sais pas si j'ai vraiment envie de continuer. En plus, vous intéressez-vous à ce qui m'intéresse ? Je peux me tromper en disant que mon histoire est infiniment plus importante que l'histoire. L'histoire, je peux vous la raconter en deux ou trois minutes, et alors vous pourrez construire votre propre histoire par-dessus, et peut-être...

— Non », interrompis-je. J'esquissai une imitation de son sourire courtois et réticent. « C'est exactement ce que je pense faire, me servir de votre histoire. » Il me dit que c'était bien, comme pour me menacer. « Tito et vous, deux jours après votre retour, en train de penser à la femme, au bouc, et aux bénéfices probables et escomptés de la rencontre.

— C'est ça, et ma colère silencieuse. Mais en plus, je le redis, il y avait ma certitude. Premièrement, comme je vous l'ai dit, parce que je la connaissais et qu'elle me connaissait. Rita m'appartenait, voilà ce que je ressentais sur le lit pendant que le cher imbécile bourdonnait en exposant ses projets. Peut-être je vous raconterai quel genre de projets c'était. Elle m'appartenait parce que, des années plus tôt, alors que je ne savais pas encore que le langage universel pour se faire comprendre des femmes est celui des sourds-muets, je l'avais désirée et elle avait su que je la désirais. Elle m'appartenait aussi, et beaucoup plus encore à cause de ça, ne soyez pas scandalisé, ne tirez pas de conclusions hâtives, parce que je l'avais vue par la fenêtre faire l'amour avec Marcos. Je l'avais vue, vous comprenez ? Elle m'appartenait. Et deuxièmement, son histoire m'appartenait aussi par son côté étrange, douteux, inventé. Le bouc, la complication qu'il représentait, le perfectionnement ingénieux qu'était la présence du bouc. Alors l'histoire ne pouvait pas être à Tito. Peu importe qu'il ait été le premier à tomber sur elle et à lui parler. Par exemple, au cours de ces années de pension, il y a de nombreux livres dont nous avons appris l'existence en même temps, et que nous cherchions passionnément à nous procurer. Souvent c'était un jeu, on jouait à qui arriverait à le trouver et à le lire en premier. Je me laissais toujours battre, parce que ces victoires le rendaient heureux, et surtout parce que ça me permettait de lire le livre une fois que sa curiosité, apaisée, ne l'altérait plus, ne le salissait plus. Ça s'est passé comme ça avec Rita, qui mendiait des billets pour Villa Ortúzar à la gare, en face. Finalement il a été forcé de parler de ce qui nous préoccupait. Il m'a proposé de descendre la chercher et je lui ai dit que ça ne m'intéressait pas, que je ne pensais pas bouger du lit. Et c'est donc lui qui y a été, un peu arrogant, un peu intimidé. Il a été la chercher pour moi, établir le contact dont j'avais besoin, m'éviter l'attente, les rencontres manquées, la tension des premiers mots. Alors je me suis mis à la fenêtre ; de là je ne pouvais pas voir Rita, je ne pouvais pas savoir si elle était à côté du marchand de journaux. Mais je dominais la place et la rue devant la pension. À peine une demi-heure plus tard, j'ai vu Tito surgir de l'obscurité des arbres, puis de la clarté ronde des réverbères de la place. J'ai traversé la salle à manger, descendu l'escalier et je l'ai vu monter à l'étage dans l'ascenseur. Alors je suis sorti et je suis allé jusqu'à la gare pour acheter un journal. Il faisait toujours chaud, il n'avait pas plu, et je crois que le jour suivant l'orage a glissé sur le ciel sans éclater. J'ai acheté un journal et je l'ai vue ; les longs poils du bouc, d'une propreté resplendissante, ne m'ont pas étonné. Je ne sais pas quel âge il avait, mais on peut facilement compter. Blanc, immobile, parfait comme un jouet. Incroyablement fidèle à l'idée qu'un enfant ou un artiste raté, qui gagnerait sa vie en travaillant dans une fabrique de jouets, pourrait se faire d'un bouc. C'était un mensonge, et il est resté un mensonge stimulant pendant toute l'histoire.

« Hier j'ai creusé un trou pour un bouc imaginaire. Pendant toute l'histoire j'ai senti son odeur parfaite, exactement une odeur de bouc ; de temps à autre j'ai vu les petites boules noires, sèches et polies de ses excréments. Mais je ne m'y suis pas trompé ; dès le premier moment, dès le premier regard timide par lequel on s'est connu, tandis que j'achetais *Critica* au marchand de journaux pour cacher mes activités d'espion et mon émotion prophétique, et que je lisais un titre quelconque sur une quelconque victoire ou une quelconque défaite, j'ai su que le bouc, cette apparence docile de bouc, était le symbole de quelque chose qui resterait incompréhensible jusqu'au jour de ma mort ; et je ne m'attends pas à ce qu'on me l'explique. Je veux dire que je ne vous raconte pas l'histoire pour entendre vos explications. J'ai dit un bouc-jouet juste pour vous orienter. Mais ce n'est pas ça non plus, parce qu'il ne s'agissait pas d'un jeu. C'était un bouc qui n'était pas né d'un autre bouc, mais d'une intelligence humaine, d'une volonté artistique. Extatique, dans la pénombre du stand où elle se cachait — pardon, j'ai failli dire se tapissait — pour choisir le candidat et l'attaquer en profitant de l'effet de surprise. Un bouc-idée, immobile, couvert d'un poil soyeux, incroyablement blanc comme les cheveux de ces petites vieilles qui restent fidèles jusqu'à la fin à leur condition de femme — la seule chose qui compte — et ajoutent de l'indigo à l'eau de rinçage du dernier lavage de la semaine. Les pattes osseuses, presque tranchantes, les sabots brun foncé, presque vernis. Comme vous pouvez le voir, je l'ai décrit astucieusement. Parce que tout cela est fait pour être dit une fois et aussitôt oublié ; ou alors il suffit de le dire comme ça pour que ça reste. Parce que, par-dessus tout, il y avait les yeux jaunes, chaleureux, ni sensuels, ni moqueurs, ni sages, qui lançaient des éclairs à une fréquence imprévisible. Je les ai parfois comparés à du topaze, à de l'or, à un ciel orageux à l'heure de la sieste, quand la ville sent l'urinoir. Peut-être me verrai-je dans l'obligation de le refaire ce soir. Ils n'étaient rien de tout ça, mais ils me faisaient penser à la sensualité, à la plaisanterie et à la sagesse. Ajoutez-y, comme j'ai dû le faire, l'insinuation torsadée des toutes petites cornes, et la bouche juvénile. Il reste alors, comme je vous l'ai dit, un bouc-mensonge, stratégiquement placé dans l'ombre, comme une impressionnante machine de guerre que l'on amène facilement au point d'attaque en tirant sur la corde. Rigide, faux.

« Elle était très vieillie, mais pas vieille. C'était une de ces femmes qui ne dépassent pas l'âge de la maturité, qui s'arrêtent pour toujours à une quarantaine asexuée, comme si c'était le pire châtiment que la vie pouvait leur infliger. Mais ce soir-là Rita n'avait pas plus de vingt-cinq ans. Je l'ai observée manœuvrer avec le bouc ; son sourire était le même, mais la patience avait terni l'éclat des dents. Mon étude statistique incomplète donnait trois échecs pour un succès. Je suis passé à côté d'elle sans la regarder et je suis allé manger dans un restaurant où il était impossible que Tito vienne me chercher. »

Il me sourit à nouveau, et je ne comprenais pas pourquoi. Il se mit à nettoyer sa pipe pour me faire sentir qu'il avait conclu un chapitre. « C'est un piètre narrateur, me dis-je sans grande peine. Il est très lent, il s'arrête sur ce qui lui plaît, certain que la vérité importante ne se trouve pas dans ce qu'on nomme les faits, et trop certain que moi, son public, je ne suis ni grossier ni frivole, et que je ne m'ennuie pas. »

« C'est d'accord, lui dis-je. J'ai vu le bouc, et je continuerai de le voir. Je reconnais que ce n'est pas la même bête qui est arrivée en boitant au cimetière, derrière le corbillard, et vous obéissait docilement, comme à Rita devant la gare. Nous avons un bouc, et j'en déduis que c'est ce qui compte. Je suis disposé à digérer tous les topazes, ors et ciels orageux qui seront nécessaires. Mais, ce premier soir, pourquoi avez-vous fait semblant de lire les nouvelles de Corée ou les résultats de football au lieu de lui parler ? Parce que je pense toujours au reste, à ce que vous disiez une demi-heure avant à la pension, avec Tito. Mais nous pouvons boire un autre verre et attendre ; je sais déjà que chaque curage de pipe signale la fin d'un chapitre.

— Ce n'était pas par timidité, dit-il. Peut-être voulais-je d'abord, avant toute autre chose, être en paix avec elle. J'ai épuisé ma haine dans cette vengeance ingénue et invisible ; l'espionner, à côté d'elle, anonyme ; la voir, grotesque, mal vêtue, mendier un argent que je lui aurais donné au centuple des années plus tôt, à Santa María, même si j'avais dû le voler. Mais Tito, bien sûr, lui a parlé. Ce soir-là j'ai dû entendre sa version de l'entrevue ; il était très excité et parlait en utilisant beaucoup d'adjectifs. Il ne se doutait pas de la vérité. Il semble qu'au début elle a essayé de jouer la comédie et s'est accrochée à l'histoire des parents peu ponctuels de Villa Ortúzar. Ils se sont donné rendez-vous le soir suivant, à neuf heures. Je lui ai dit d'une voix inquiète qu'on les accepterait difficilement tous les trois dans un hôtel, et j'ai éteint la lumière pour m'endormir. »

Je ris un peu, et ce fut à moi d'aller jusqu'à la fenêtre. Je vis la nuit morte, à peine éclairée par quatre réverbères, l'éclat voilé de la marquise du Plaza. La pendule de la mairie sonna une fois, mais on ne pouvait pas savoir quelle heure il était parce que le carillon ne fonctionnait plus depuis des mois. Je me retournai, et sans plaisanter, mû par le seul désir de l'aider, comme si l'histoire était un travail que nous accomplissions tous les deux, je dis :

« À présent ça va beaucoup mieux. En tout cas vous venez de voir en personne la femme manœuvrer le bouc. Ce n'est plus Godoy, ni Tito. Maintenant le reste devrait suivre beaucoup plus facilement. Il ne s'agit que de raccorder cette scène à celle du cimetière, de remplir les huit ou neuf mois qui les séparent. »

Mais Jorge ne m'écoutait pas. Il s'était levé et souriait, fatigué, désenchanté. Je ne réussis pas à me rappeler sur quel visage j'avais déjà vu ce regard bleu un peu abasourdi, ce furieux éclat de jeunesse, une mèche cuivrée sur la tempe. Il souffla sur la pipe et la rangea dans sa poche.

« Encore un verre et je m'en vais, dit-il en regardant la nuit par-dessus mon épaule. Demain nous partons très tôt pour passer la journée à Villa Petrus. On ne peut jamais savoir. J'étais en train de me dire que je ne me suis peut-être pas purgé de toute ma haine ce soir-là, quand je l'espionnais en faisant semblant de lire un journal. Et néanmoins je ne vous ai pas menti en parlant de pitié. Cette fois vous vous êtes trompé, ce n'était pas la fin d'un chapitre, c'était la fin du prologue. »

Je n'ai pas reparlé à Jorge cet été-là ; il refusait de s'approcher de moi ; il levait sa pipe pour me saluer de loin, mais sa joie de me voir était exagérée.

3

Jorge voulait rencontrer l'homme, il était persuadé de pouvoir tout comprendre beaucoup mieux s'il voyait son visage. Non seulement la singulière histoire de Rita, l'entrée et la permanence du bouc dans sa vie, mais aussi ces choses qui avaient choisi Rita pour se manifester : l'absurdité, la misère, les excès. Même si cet homme, qui attendait Rita en ce moment dans la chambre ou dans un bistrot près du pont du chemin de fer, une gargote suffisamment crasseuse pour accepter la présence du bouc, même s'il ne pouvait être qu'un quelconque type de service. Ça ne pouvait pas être Ambrosio, le créateur, celui qui avait médité pendant des jours et des nuits sur un grabat, le visage fermé, tourné vers le plafond sans bouger, sans allumer la lampe, fuyant toutes les distractions qui auraient pu l'éloigner de la trouvaille proche et évasive. Ça ne pouvait pas être Ambrosio puisqu'il avait été emporté par le souffle même de son œuvre, par le détail, le perfectionnement qu'il s'était aventuré à imposer. Ce détail seulement. Parce que, au milieu de la deuxième année à Buenos Aires, il y avait eu un précurseur. Il était venu après un nombre modéré d'hommes, après des emplois sporadiques : servante, ouvrière, vendeuse dans un magasin.

Le précurseur fut le premier à suggérer le truc du retour au village natal, des quelques pièces qui manquent pour acheter un aller simple de deuxième classe, parce que la défaite dans la grande ville était définitive et que les usagers aimaient l'idée de se défaire pour toujours de Rita. C'était pour eux un soulagement de sentir qu'en se fendant de quelques pesos, la vie s'engagerait à ne plus jamais mettre sur leur chemin la forme obscure, aigrie et insistante de la femme. Au début, ils furent nombreux à payer facilement, furieux, contraints par la superstition. Mais toutes les affaires ont leurs coups de chance, leurs va-et-vient inexplicables. Soudain, le public se mit à faire preuve d'une tendance inquiétante à accepter presque sans difficulté, et à proposer de l'accompagner jusqu'au guichet pour compléter sur place le prix du billet. Plus d'une fois, l'argent du philanthrope, en plus du sien propre, qu'elle gardait et exhibait à moitié dans un mouchoir sale, se trouva totalement investi dans un petit bout de carton stérile, avec toujours les mêmes deux mots incroyables, fabuleux : *Santa María.* C'était pendant la première année, à la gare de Retiro.

De sorte que le précurseur, dégoûté, secoué d'étonnement, maudit plusieurs fois le manque de confiance des hommes, l'instinct mesquin qui les poussait à chercher des garanties même dans la charité, et un soir de jeûne, de lucidité forcée, il décida tout simplement que le truc pouvait encore marcher si on le retournait comme un gant, si la tête prenait la place de la queue. Alors elle cessa d'être une victime de l'indifférence de la grande ville ; elle venait d'arriver et était peut-être condamnée à subir cette défaite, mais elle jouissait encore de toute une série de choses admirables, émouvantes, encore intactes, promptement alignées. Les Godoy qui auraient eu suffisamment de temps et de curiosité pour l'accompagner jusqu'au taxi et donner l'argent de la course au chauffeur n'étaient pas légion. Le truc inversé démontra son efficacité dans les trois gares de Retiro, travaillées successivement, jour après jour, pendant un hiver, un printemps et un été.

Peut-être le précurseur avait-il déjà disparu

lorsque la concurrence commença à peser sur les comptes de minuit faits à une table du restaurant près du parc d'attractions. En tout cas, il y avait toujours de l'autre côté de la table un homme avec un geste de mépris, de déception, ou une menace précise que ni les petits tas de billets lissés par les doigts, ni les espoirs ou les justifications qu'elle improvisait ne parvenaient à atténuer. Parfois elle fut aussi dérangée par la police. Jusqu'au jour où le précurseur, ou un quelconque autre type, lui conseilla sur un ton paternel et suffisant de se déplacer jusqu'à la gare de Constitución. Il lui parla peut-être de trains chargés de joueurs chanceux qui revenaient de Mar del Plata. Le fait est qu'elle accepta de déménager ; de toute façon, elle vivait déjà dans le Sud, près de l'odeur de tannerie de la rivière.

C'est alors, tout de suite ou quelques mois plus tard, qu'arriva Ambrosio. Le perfectionniste fut d'abord un candidat assez valable, vu de loin. Si l'on considère avec soin les rares éléments disponibles, on peut le décrire comme un garçon de petite taille, robuste, laconique et poilu. Mieux que laconique, on peut l'imaginer presque muet, presque toujours tapi dans un coin, avec un air pensif comme s'il cherchait sans succès à quoi penser. Ou bien encore, silencieux, comme s'il n'avait pas encore appris à parler, comme s'il recommençait la vieille tentative de créer un langage, le seul dans lequel il lui eût été possible d'exprimer les idées qu'il n'avait pas encore eues.

Il arriva par le premier train venu, en provenance d'un passé superflu, d'une brève expérience, presque étrangère, sans importance, et il s'engagea dans le haut tunnel éclairé où elle guettait, choisissait et attaquait. Il marchait rapidement, par habitude, imprudent, vers le lieu de la rencontre, le mètre carré de pavé que le destin lui réservait pour qu'il puisse créer son œuvre et s'accomplir. Et tel qu'il était écrit, à la lettre, elle s'interposa lorsqu'il s'approcha de la première marche : la tombée de la nuit complice, qui faisait palpiter les anciennes et vaines promesses dans le feuillage et sur l'espace ouvert de la place, l'attaqua de front et l'arrêta. Il hésitait entre une femme, un cercle d'amis, une autre femme à qui il pourrait demander de l'argent ; il ignorait qu'il hésitait entre sa vraie naissance et sa permanence dans le néant.

D'une main aux doigts courts couverts de bagues compliquées, il chercha une cigarette, l'inséra dans le fume-cigarette jauni et l'alluma. Alors elle s'écarta timidement du mur, lui sourit nerveusement et parla en bégayant. Peut-être se crut-elle obligée de laisser pendre son bras droit en arrière, comme si elle tenait un licou invisible. À mesure qu'elle récitait son histoire elle s'en repentait ; elle vit que la chevelure abondante avait besoin d'une coupe, que le col de la chemise était sale, que la cravate brillante était élimée, que le costume d'hiver avait été utilisé au cours de nombreux étés.

(« Mais il avait l'air d'avoir perdu sa maman dans la foule ; il remuait la bouche en me regardant comme s'il s'était trouvé sur le point de prononcer un mot de son invention, un mot que je n'avais jamais entendu et qui aurait pu sonner comme une insulte ou une excuse. Je crois qu'il n'a pas prononcé ce mot, ni aucun autre. Je lui ai évité ce travail ; je lui ai évité presque tout travail cette nuit-là et pendant de nombreux mois. Et je pense que nous serions encore ensemble s'il n'y avait pas eu Geronimo ; parce qu'il a eu l'idée d'inventer Geronimo, et, quand le pauvre petit a grandi, je me suis mise à l'aimer, et il n'a pas pu nous supporter. C'est la seule raison. Il était plus fainéant que les autres, que tous ceux que j'ai connus. Mais ça ne veut pas dire que les autres aient jamais travaillé. Il était incroyable. Comme s'il venait juste de mourir. Pas complètement. Il mangeait, mais sans boire de vin. Il fumait. Chaque fois que je me trouvais près de lui il voulait m'emmener au lit. Mais mis à part ça, il était mort, la bouche en l'air, les mains sous la tête, il mordait le fume-cigarette jaune, il pensait irrémédiablement. »)

Elle se doutait peut-être que son oisiveté était non seulement plus intense, plus volontaire que celle des hommes précédents mais, en plus, d'une qualité différente. Elle dut s'en apercevoir plus d'une fois quand elle partait l'après-midi, ou quand elle rentrait à l'aube ; jamais, même plus tard, elle ne trouva les mots ou les idées qui auraient pu exprimer cette sensation. Mais elle savait que quelque chose d'étrange occupait en permanence le corps affalé et taciturne de l'homme, toujours dans la pénombre, indifférent au cycle de la lumière et de l'obscurité, toujours en train de mordiller le fume-cigarette, possédé. Au début elle crut qu'il était malade ; par la suite elle s'habitua à comparer les autres hommes à cet étalon, et quand le temps fut écoulé elle fut prise au dépourvu, incapable de vouloir et de croire à un changement.

Ce jour-là non plus, l'homme ne parla presque pas. Lorsqu'elle se réveilla dans le fracas d'un train de marchandises, elle le trouva debout, fraîchement lavé, avec une chemise propre tenue aux bras par des bracelets métalliques, en train d'avaler la fumée de sa cigarette sans bouger les lèvres, à côté de la fenêtre condamnée qui donnait sur la cour du taudis et la laissait à peine entrevoir. Il se tenait de profil devant les vitres sales de peinture, de temps et de gens, sans oser encore regarder à l'extérieur, finalement réveillé, mais incertain, malheureux et heureux parce qu'il avait atteint l'extase et qu'il essayait de s'y habituer. Il ne dit presque rien.

« Donne-moi ce que tu peux de l'argent d'hier soir. Ça devrait suffire, mais on ne sait jamais. »

Elle lui donna tout, l'argent de la veille et les quelques pesos en plus qu'elle gardait dans l'armoire. Elle était persuadée de ne plus revoir l'homme. Elle s'assit sur une chaise et se mit à se rappeler dans un tournis les mois qu'ils avaient vécus ensemble et à en extraire une tendresse posthume qui durerait jusqu'à la rencontre de l'homme suivant, ou peut-être, s'évanouissant et revenant par surprise, beaucoup plus longtemps. On ne sait jamais. Elle apprit, en tout cas, ce qu'Ambrosio faisait de l'argent qu'elle lui donnait en rentrant, les billets sales et les poignées de pièces qu'elle déposait sur le lit sans qu'il le lui demande, puisqu'il se contentait de dire d'un air indifférent et sûr de lui : « Donne-moi ce que tu peux. » Et il ne sortait jamais sans elle et ne buvait pas de vin. Alors, mis à part les repas et le prix inestimable de la moitié de lit qu'il occupait, elle ne pouvait lui imaginer d'autres dépenses que ses vingt cigarettes quotidiennes.

Elle le vit, déjà habillé, retourner le matelas et fouiller dans l'étoupe ; elle le vit en tirer les billets, les lisser et les poser sur la table. Elle s'efforçait d'ignorer cette dernière scène : les mains carrées couvertes de bagues qui manœuvraient avec une dextérité professionnelle toute neuve ; le damier éraflé de la nappe en plastique, décoré de naïves fleurs fanées ; le réchaud métallique, une chaussette longue et aplatie ; la jeune tête aux cheveux luisants, tout juste coiffés, qui se penchait sans avidité sur l'argent, pas complètement réveillée, et prolongeait, endormie, un assoupissement de neuf mois. Elle ne voulait pas voir ça, mais plutôt leur passé, simple et terriblement pauvre, qui l'obligeait à inventer chaque chose, à les cacher et à les découvrir. Et une fois découverte, chaque chose devait être baptisée et se nourrir d'elle, de Rita. C'était facile, et ce n'était rien, vérifiait-elle avec étonnement : un homme ou une forme masculine immobile tremblait ou suait dans l'ombre ; une tête allongée, obstinée, que la méditation et le dédain du monde avaient rendue inhumaine, et qui acceptait orgueilleusement de se soumettre à la fatalité de créer.

Et maintenant le long et fécond sommeil hivernal avait pris fin pour toujours. Il était là, somnolent mais réveillé, et pliait les petits tas d'argent ; il lui disait au revoir sans prononcer un mot et jouissait de ce moment d'enthousiasme et de déracinement. Elle ne se leva pas pour l'embrasser ; elle reçut sans le comprendre le sourire qu'il lui jeta du pas de la porte, elle supposa qu'il s'éloignait lentement, aveuglé par la lumière de midi. Ensuite, elle prit la place que l'homme avait occupée dans le lit pendant tout ce temps, tout ce bref passé qui pouvait se réduire à une seule scène.

Elle sortit à la tombée de la nuit, uniquement par habitude ; elle échangea un bonsoir avec le marchand de journaux et répéta sans conviction, avec un étrange succès, l'histoire des parents désinvoltes de Villa Ortúzar. Elle quitta la gare très tard et resta longtemps au restaurant ; elle posa sur la table, sans le compter, l'argent gagné qui n'avait plus d'objet. De la cour, elle vit la lumière qui délimitait la porte de la chambre, et s'avança en refusant de penser, de croire. L'homme, Ambrosio, n'était ni couché ni déshabillé ; accroupi, attentif, il reconnaissait d'un esprit bénévole et critique ce qu'il avait fait, et se laissait lécher le pouce par le petit bouc blanc qui avançait et reculait sur ses dures jambes grandes ouvertes. Comparé au souvenir que Rita avait cru définitif, l'homme fut loquace et cordial ; il semblait plus maigre, un peu abattu, et il avait un air de délivrance, d'orgueil dompté.

« Il faut trouver du lait et un biberon. J'avais peur de le blesser en l'attachant. »

Elle resta un moment à les regarder, sans comprendre et sans s'inquiéter.

« Alors, comme ça, maintenant, nous sommes trois », dit-elle en riant.

Elle ne voulait pas s'engager ni imposer des engagements. Elle était heureuse du retour de l'homme, et dès cet instant elle décida de se préparer en vue du moment où Ambrosio partirait pour de bon. Elle éprouva de la curiosité et du désir pour ce garçon inconnu à l'air paisible qui caressait le museau de l'animal et souriait stupidement. Mais tout cela eut lieu après, pendant qu'elle traversait la cour vers la porte du fond. Elle rit de nouveau et répéta :

« Alors comme ça nous sommes trois. Mais si tu l'as acheté pour le manger, préviens-moi avant que je ne m'y attache.

— Non », dit-il ; il recula un peu pour regarder l'animal, déconcerté par l'idée qu'il était possible de le manger. « Du lait. Je l'ai acheté presque pour rien. Il s'appelle Juan.

— Non, Geronimo, rectifia Rita. Alors comme ça, maintenant nous avons un fils bouc. Nous allons l'élever au biberon, et quand il aura grandi nous partirons vivre à la campagne, à Villa Ortúzar. Et tu vas l'aimer plus que moi, c'est ce qui arrive déjà. » Elle commençait à regretter qu'Ambrosio, congédié et oublié, soit revenu ; elle regardait l'animal sans tendresse ni surprise.

Sans se retourner, l'homme dit de nouveau :

« Du lait. »

Elle sortit, traversa la cour et alla demander du lait à la voisine. Elle récita l'histoire infaillible du chevreau nouveau-né que sa mère lui avait envoyé d'une Santa María définitivement mythique. Lorsqu'elle retourna dans la chambre, le garçon s'était allongé sur le lit, et le bouc suçait une couverture. Mais le visage à l'horizontale n'était plus hermétique et concentré ; c'était le visage ordinaire d'un beau jeune homme, capable d'enthousiasme et de bravades, le visage inconnu de quelqu'un à qui l'on peut mendier de l'argent pour un voyage à l'autre bout de la ville. Et, pendant que Rita installait le bouc entre ses jambes pour lui faire boire le lait, il se mit à tout lui expliquer à partir du lit, lentement, minutieusement, comme s'il parlait à un enfant, sans vanité parce que ce n'était pas la peine d'en user avec Rita.

Alors, après une nuit frénétique de réconciliation immotivée, où elle sentit — avec rage, avec regret — qu'Ambrosio pouvait être remplacé par n'importe quel autre homme, elle se réveilla à la fin d'un après-midi et se dirigea vers la gare en traînant le bouc par la corde, ou en le portant dans ses bras.

Elle supporta, hésitante, le ridicule, la saleté, les bêlements irritants et émouvants. Et quand elle eut fini son horaire de travail variable, après avoir pris le repas solitaire dans la gargote où le bouc suscita l'attendrissement des filles et des ivrognes, elle traversa l'obscurité désertique du pont, sous le vacarme des trains, et arriva à la maison, hébétée, encore plus fatiguée que les nuits précédentes. Elle trouva un Ambrosio méconnaissable, un Ambrosio galvanisé par l'impatience, qui non seulement l'attendait, mais qui en plus alla au-devant d'elle dans la cour, l'embrassa sur le front et prit le bouc dans les bras. Ensuite ils comptèrent l'argent, et à mesure qu'elle sortait les billets de la poche de son manteau et les disposait sur la table comme pour une réussite, elle pouvait voir la joie et l'orgueil occuper irrésistiblement le visage du garçon. « C'était donc ça, se dit-elle sans désillusion. Il voulait plus d'argent, il vivait allongé sur le lit et cherchait comment faire pour que je rapporte plus d'argent chaque soir. Il ne le dépense pourtant pas, il n'a ni vices ni amis pour le dépenser. Il va cacher cet argent dans le matelas ; quand il y en aura assez, il achètera un autre bouc, et alors je rapporterai le double et il le cachera dans le matelas, et quand il y en aura assez... »

Il effleurait les billets du bout du doigt ; c'était un doigt orné d'une bague en or avec une pierre hexagonale, noire et polie, un doigt qui frémissait de triomphe en vérifiant que la réalité était identique aux songes qui l'avaient engendrée.

« Presque le double, murmura le garçon. Si tu étais restée un peu plus, tu aurais ramené encore le double. Je l'avais dit ! Qui ne peut pas te croire en voyant le chevreau ?... » Il la prit par les épaules et la secoua ; presque pour la première fois, elle vit, complètement à découvert, ses solides dents blanches.

Mais il ne l'avait pas fait pour l'argent. Elle le comprit ce soir-là, avant de se coucher pour recommencer une frénésie qui ne dépendait d'aucune réconciliation imaginaire, lorsque Ambrosio lui rendit l'argent qui restait de l'achat de la bête.

Il ne fait pas de doute non plus que, pendant tous ces mois, il n'avait pas su quel serait le destin de cet argent qu'il réclamait humblement chaque soir et qu'il cachait dans le matelas. Il savait qu'un jour il en aurait besoin, mais il lui était impossible de deviner pourquoi. En plus, si cet acte de restitution ne suffit pas à convaincre Rita, si elle le soupçonna d'être hypocrite ou simplement astucieux, elle dut définitivement admettre et très rapidement que le bouc n'était pas né de l'appât du gain. Car, à partir de l'après-midi suivant, elle ne devait plus revoir Ambrosio.

Elle se retrouva donc comme une veuve ou une femme délaissée avec un petit enfant, une créature qu'on ne pouvait ni abandonner ni confier à des soins mercenaires. Elle dut l'emmener avec elle au travail, à la gare ; à partir du départ d'Ambrosio, sans qu'elle s'en aperçoive, son histoire fut absorbée par celle du bouc. Parce que, en fait, dès que le garçon ne fut plus là, dès qu'elle se retrouva seule avec le bouc, elle cessa de vivre ; sa vie ne fut plus qu'une répétition de gestes identiques, si bien appris qu'il devenait impossible de les comprendre : le réveil au début de l'après-midi, avec ou sans homme ; l'horaire à respecter à la gare, le dîner dans le restaurant minable ; le retour en compagnie du bouc, avec ou sans homme. Avec le temps, la méfiance qu'elle avait éprouvée en voyant la bête pour la première fois se transforma en une haine douce, inexplicable. Mais cette haine n'était pas plus libératrice que la méfiance ; elle se sentait liée à la bête : elle la traînait brutalement, elle lui imposait des jeûnes capricieux, mais elle était incapable de l'abandonner.

À partir d'ici, l'histoire peut être soit infinie, soit progresser en vain, infatigablement, vers l'épilogue du cimetière. Je crois qu'il reste peu à dire, et qu'on peut en disposer de la manière suivante, parmi ces différents éléments.

Les déménagements successifs, imposés par la croissance du bouc, les refus, les pèlerinages nocturnes avec des paquets et des valises cette fois effectivement pleins de vêtements et de misère. Je vois aussi une chambre à Avellaneda, donnant sur une cour minuscule, une caricature lamentable et désertique de jardin, l'habitacle du bouc, trente centimètres de terre stérile sur des décombres et des ordures, sur une roche imperforable, séparé du monde inexistant par un mur de bambous secs et sans feuilles. Le jour, paradis protégé par un toit de fumée sale ; la nuit, hanté par des sirènes de bateaux, des coups de sifflet de police, entouré de délinquants mai assurés jouant la comédie, d'oisifs, de jeunes candidats exaspérés à la délinquance qui s'habillaient et vivaient au service d'une légende qu'ils ne réussiraient jamais à avoir ou à abandonner. N'importe laquelle de ces choses, mais précaires : parce que quelqu'un est venu lui parler d'ordonnances, de kilomètres, de radiographies, et a réclamé de l'argent, beaucoup trop d'argent.

Le dernier déménagement, la petite construction en tôle et bois de Villa Ortúzar, ce destin qu'elle avait provoqué et créé à chaque fois par son mensonge ; le terrain à côté de la décharge publique, le fossé rempli d'eau blanchâtre, l'éternel cheval mort au ventre enflé, les fers en l'air. Une chambre au sol de terre humide où il y avait à peine la place pour elle et le bouc et où il eût été impossible d'installer la sœur ou la tante, ni aucun des parents changeants dont elle ressassait la non-assistance à la gare.

L'exercice du métier que certains hommes voulurent lui imposer, sans qu'aucun y parvienne. On doit pourtant l'imaginer parce qu'un certain hiver, peut-être, les gens devinrent méfiants ou avares, ou parce que l'excès de répétition rendit le monologue mendiant moins convaincant, ou parce que la présence du bouc multipliait le loyer par deux, ou parce que le bouc avait besoin d'une nourriture spéciale et coûteuse, ou parce que ça me plaît de l'imaginer en train de se prostituer pour le bonheur du bouc. Cela me semble harmonieux et raisonnable.

La croissance du bouc, sa barbiche courbe, ses yeux d'un jaune comparable à celui de nombreuses choses, son poil sale et son odeur. Sa lourdeur, sa taille démesurée, sa placidité d'idole quand il était allongé, son refus de bouger, de subir le froid ou la chaleur, ou d'interrompre son sommeil à l'entrée très fréquentée d'une gare. Le bouc en train de la suivre à contrecœur, le long de rues sinueuses et nocturnes, plus grand qu'elle, délibérément majestueux et méprisant. Le bouc encore, les pattes repliées sous son corps, frôlant de ses cornes les plafonds gris et misérables ; ses yeux couleur de rouille, endormis, pleins d'un reproche lointain, d'un dédain qu'il n'aurait pu exprimer, même s'il avait pu parler, pour les offrandes faites à sa divine condition : l'herbe, les légumes, l'homme qui occupait le lit pendant quelques heures et troublait la nuit avec une histoire haletante et usée.

Énorme, immobile, blanc, sale, plus grand à chaque instant, indifférent aux gens et à leurs problèmes, puant parce que c'est comme ça. Le bouc, au fond c'est ce qui compte.

4

Il restait peu de choses à dire, et ces choses-là je les ai oubliées. Presque une année s'écoula, je commençais à me consoler du début d'un autre été, quand un matin à l'hôpital je tombai sur Jorge Malabia. C'était un Jorge qui ressemblait à son parent Marcos Bergner, et pas du tout à sa mère. Plus grand mais pas plus gros, il parlait à l'infirmière du guichet et souriait tandis qu'il mordait sa pipe éteinte ; un sourire juvénile, féroce, alors que la peur de vivre et la voracité occupaient irrémédiablement son regard.

« Salut ! » Il était en chemise et portait des bottes. « J'ai appris qu'ils allaient tenter une trépanation. J'avais envie de voir quelqu'un mourir comme ça, la seconde même de la mort dans un cerveau. Mais ils ont changé d'avis ».

Je haussai les épaules et cessai de le regarder.

« Oui, il serait mort presque sûrement. De toute façon, je n'opérais pas.

— C'est drôle. J'avais rendez-vous avec Tito, et il n'est pas venu. Je me demande pourquoi, il connaît le futur cadavre, c'est un employé de son père, ou quelque chose dans le genre. Alors on va lui donner des toniques pendant une semaine pour qu'il tienne le coup quelques minutes de plus sur le billard ?

— C'est sûrement ça, répondis-je. Il a soixante-dix ans. On l'a opéré de la même chose il y a huit mois, et il en est demeuré presque idiot. »

Je saluai Margarita, la fille des admissions, et nous sommes sortis, lui et moi, sans vraiment marcher ensemble, comme deux inconnus qui suivent le même chemin. J'admirai le cheval attaché lâche à un arbre. Je regardai le soleil à en éternuer.

« Il a du tempérament, mais il est trop gros et trop flemmard », dit-il.

Une année était passée, et il en avait à présent vingt-cinq. « Depuis notre dernière rencontre, me suis-je dit, il a appris à juger, à n'aimer personne, et c'est un apprentissage difficile. Mais il n'était pas parvenu à s'aimer lui-même, à s'accepter, il était à la fois sujet et objet, il se regardait vivre, prêt à s'étonner, incapable de déterminer quels actes lui appartenaient en propre, et lesquels étaient empruntés ou réalisés par pur caprice. Il avait l'âge où l'on a peur, il se protégeait en étant dur et intolérant. »

Il se hissa sur le cheval, le fit tourner et resta un moment à me sourire.

« Cette ville me rend malade. Tout. Ils vivent tous comme si ça allait durer éternellement, et ils sont fiers de cette médiocrité sans fin. Je suis là depuis à peine une semaine, et ça a suffi pour que je ne vous reconnaisse pas, pour que j'oublie qu'avec vous on peut discuter. »

Il me parlait de très haut, monté sur le cheval ; il en était conscient et en profitait sans mépris. De toute façon il n'était pas heureux. Je le vis passer du trot au galop, penché pour prendre de la vitesse, détaché de la selle mais si uni au cheval que les hanches de la bête, luisantes sous le soleil, auraient pu être les siennes.

Comme je l'avais prévu le matin, il me rendit visite le soir même. Il s'était efforcé de mettre le cheval en forme, ou il voulait seulement se distinguer des amis de son âge, qui avaient passé leur enfance à cheval dans le meilleur des cas et ne montaient plus maintenant que pour le sport, lors des chevauchées matinales du dimanche, après l'héroïque première messe. Des garçons en culotte de cheval, montant court des chevaux anglais, niant de tout leur corps langoureux le physique de l'animal ; des jeunes filles toutes habillées pareil, indifférenciables, qui réclamaient le passage en criant, le genou contre celui de leur compagnon. Avant, à l'aube, le reflet d'un corps d'amazone, avec une minuscule cravache, dans la glace de la chambre ; ensuite, à l'hôtel en bois sur la rivière, ou à Villa Petrus, les photographies, les poses à côté ou sur les chevaux, les attitudes désinvoltes à la *gaucho*. Parce que tous ses amis d'enfance avaient des voitures, des jeeps ou des motos ; ils aidaient ainsi la ville, Santa María, à oublier ses origines, sa propre enfance, son proche passé fait de charrettes, de carrioles, de bœufs et de distances.

Il arriva à cheval, le soir même de ce samedi, en faisant sonner les sabots de l'animal sur la première frange de silence, sur le fond obscur chargé de chaleur, de parfums végétaux desséchés, de bruits du travail sur la rivière. Je l'entendis siffler et me penchai à la fenêtre pour lui dire de monter.

J'avais presque oublié l'histoire de Rita et du bouc ; lorsque je le vis entrer et poser la bouteille sur la table, je pensai seulement à une autre femme, une survivance répugnante. Mais il était déterminé, pressé par le temps, et pas celui qu'il pourrait perdre au cours de cette soirée, mais le précédent, celui qui séparait la présente entrevue de celle de l'été dernier. Il était décidé, résolu à modifier à n'importe quel prix cette autre nuit de décembre. Il but debout et parla avec impatience de n'importe quoi, de tous les sujets que je lui glissais pour qu'il prenne appui. Ensuite il bourra sa pipe en me mesurant du regard. Il avait choisi le chemin le plus facile ou le plus court. Il ne savait pas encore qu'il pouvait s'asseoir et dire : «Je ne demande pas ceci ou cela de la vie en particulier, je veux tout, mais d'une manière parfaite et définitive. Je suis prêt à me passer de ce que vous autres, les adultes, acceptez et même désirez. Je suis d'une autre race. Je ne veux jamais avoir à recommencer ceci ou cela. Une chose, puis une autre, chaque chose en son temps, parce qu'il y a nécessairement un temps pour chaque chose. Une seule fois pour chaque chose, et pour toujours. Sans avoir à assurer lâchement ses arrières, sans la certitude sordide, cachée, que de nouvelles tentatives sont possibles, que les jugements peuvent se modifier. Je m'appelle Jorge Malabia. Il n'y avait rien avant le jour de ma naissance et, si j'étais mortel, il n'y aurait rien après moi.»

Mais il n'a rien dit de tout cela ; je l'aurais pourtant écouté et je lui aurais dit oui.

« Vous vous souvenez sûrement des dernières vacances, commença-t-il avec un sourire d'excuse, mais sans se disculper. La rencontre au cimetière et la nuit que nous avons passée à bavarder. Le bouc à la jambe de bois.

— Le bouc et la femme, acquiesçai-je. Eh bien, je me suis mis à deviner des choses et je les ai écrites. Je l'avais déjà oublié. J'aimerais que vous le lisiez et que vous me donniez votre avis. C'est très court. »

Je me suis mis à fouiller dans mon bureau tandis qu'il se taisait et essayait de me faire sentir son silence.

« Ce sont juste quelques pages, dis-je en les lui tendant. Fruit de l'insomnie, de l'ennui, et de l'incapacité à participer à votre histoire d'une autre manière. »

Alors il regarda sa montre et n'eut d'autre possibilité que d'exprimer son hostilité ; nous savions tous les deux qu'il allait rester le temps qu'il faudrait. Il s'assit et montra son jeune visage sous la lumière, un peu moins jeune que l'année dernière, durci par la volonté, à peine enlaidi par une peur étrange. Je pris un livre mais le reposai aussitôt.

Pendant une demi-heure je le regardai lire ce que j'avais écrit et fumer ; je savais que mon regard le gênait et qu'il avait du mal à garder son air inexpressif. Ce n'était pas la même personne qu'une année auparavant, mais je ne pouvais pas savoir en quoi il était différent, quelles saletés il avait incorporées pendant ces douze mois, et si elles seraient durables. Quand il eut fini de lire, il nettoya sa pipe et la bourra de nouveau ; sans me regarder, pensif, il réfléchit rapidement, comme si je ne m'étais pas trouvé là, comme si j'avais été sur le point d'arriver à l'improviste. Ensuite il se dirigea vers la fenêtre avec un balancement de cavalier fatigué, en faisant sonner ses bottes flambant neuves ou cirées de frais. Des bottes trop neuves, en tout cas, pour le déguisement de paysan qu'il portait pendant ces vacances. Il se pencha au-dehors et parla affectueusement au cheval. Il revint lentement vers la lumière du bureau, un sourire aux lèvres, certain d'avoir bien choisi, ou d'avoir fait le meilleur choix possible.

« C'est très bon, ça », murmura-t-il d'un air important, heureux, un peu étonné, comme s'il s'était trouvé tout seul.

« Et d'une, me suis-je dit. Il a appris à se prendre au sérieux, pas avec désespoir et fatalisme comme avant, mais tranquillement, sans se rendre compte du ridicule de sa propre misère. Presque comme se prennent au sérieux son père et tous les autres joueurs de poker du Club du Progrès. »

« Je m'en réjouis, dis-je. Mais peu importe si c'est bien ou pas. Je vous ai déjà dit que je cherchais seulement à deviner les choses.

— C'est ce que vous avez fait. Ça ne s'est pas passé comme ça. Seulement... » Peut-être n'était-il pas sûr du genre de mensonge qu'il convenait d'utiliser pour démolir ce passé. Il se rassit et sourit de nouveau pour se disculper. « C'est étonnant, un homme a inventé l'histoire pour les voyageurs, un autre a ajouté le détail du bouc, absurde mais efficace. Et il est vrai qu'elle a connu la haine, puis l'amour pour ce bouc qui a été au début une humiliation imposée et que par la suite elle a défendu de toutes les façons possibles, au fil des déménagements, des hommes, des jeûnes et des résolutions suicidaires. Comme on défend l'objet amoureux, c'est-à-dire la seule chose qui nous appartienne vraiment. Parce que si quelque chose d'autre nous appartient, si minime soit-il, il faut lui trouver un autre nom, moins ambitieux. Son objet amoureux. Le courant est unique, et nous ne pouvons pas savoir quel amour va vers lui et en quelle quantité, ni quel amour nous en retirons et en quelle quantité. Et c'est vrai aussi qu'elle l'a fait pour le bouc, pour avoir l'argent qui lui permettrait de le protéger. J'aurais pu lui donner cet argent sans grand sacrifice. Mais j'ai préféré devenir cet homme dont vous dites que je voulais connaître son visage. L'homme de service qui attendait dans la chambre, condamné à l'anonymat. Mais il a disparu, je ne l'ai jamais vu, j'ai dû le remplacer sans le rencontrer. Je suis donc devenu l'homme de service, et avec quelque chose en plus, que j'ai obtenu. Pendant presque toute une année je me suis coltiné et farci ce que l'on nomme l'abjection ; toute une année sans mettre les pieds à la Faculté, à rire tout seul en imaginant une visite impossible, inattendue de mon père ; à l'imaginer en train d'entrer dans un des divers cagibis puants que nous avons occupés, le voir et le sentir pour une fois incapable d'un commentaire grammaticalement ordonné, avec les points à la ligne et les parenthèses qu'il signale en levant une main ou un sourcil. Parce que, en plus, pendant toute cette année où je l'ai escroqué, j'ai été le modèle du fils qui écrit régulièrement. Je n'ai pas raté un train, comme on dit chez moi. Sale, suant ce mélange de haine et d'angoisse qui noircit la peau mieux que tout désœuvrement, que tout travail, froid et couvert de crasse, je leur ai écrit une lettre par semaine. Et cette fois, oui ; cette fois, cette année-là, on aurait dit que mes lettres sortaient tout droit d'un recueil épistolaire pour fils absents et affectueux. Je les ai relues. »

Il me montra ses dents interrompues par la fatigue et la méfiance, et servit de nouveau à boire.

« Et de deux, me suis-je dit. La deuxième saleté c'est que sa soif de révolte est morte, et qu'il essaye de la remplacer par du cynisme, ce qui le met à la portée de n'importe quel homme mûr. » Mon hochement de tête, ou mon silence, ou mon regard, éveilla peut-être ses soupçons. Il se dirigea de nouveau vers la fenêtre, parla au cheval et revint l'air fatigué et endormi. Il était rajeuni, presque exactement d'un an ; mais cela dura peu, car j'avais appris à le manipuler.

« Alors tout est bien », dis-je. Je ramassai mes pages divinatoires et leur souris avec affection et orgueil. « Ensuite elle vous a rencontré, ou vous avez provoqué la rencontre, vous avez vécu un moment ensemble, elle est tombée malade et elle est venue mourir à Santa María. Il ne reste plus qu'à écrire la fin ; mais en un sens c'est plus facile, parce que je la connais : la veillée, le cimetière.

— Oui et non », répliqua-t-il immédiatement, fougueux, légèrement triomphant, comme si je l'avais vexé sans faire exprès. Personne, et moi encore moins, ne pouvait lui reprocher de faire durer le silence pour obtenir un effet. « Ce n'est pas si simple, parce que la femme que nous avons enterrée cette année-là — ce n'était plus l'année dernière, mais une année quelconque, lointaine, indéfinissable —, la femme morte qui repose en paix au cimetière de Santa María ne s'appelait pas Rita. »

Je m'agitai dans mon fauteuil et le regardai d'un air étonné, stupide, qui fut peut-être convaincant.

« Vraiment ? Alors je ne comprends plus rien, ou il me reste beaucoup à comprendre. Mais je ne pouvais pas deviner. » Nous nous sommes souri d'un air entendu. J'hésitai pendant un moment ; il devait se dire que je n'aurais pas de mal à trouver le nom de la femme que j'avais aidé à enterrer.

« Ce n'était pas Rita, répéta-t-il, légèrement solennel, toujours en me souriant. C'était une parente, une cousine, et pas une des parentes fabuleuses, retardataires, comme vous dites, de Villa Ortúzar, mais une parente palpable, visible et audible, je vous en donne ma parole, qui venait d'ici, de Santa María. Une autre femme, et presque une autre histoire. Parce que si elle avait une histoire personnelle avant d'arriver à Buenos Aires, elle l'a perdue cinq minutes après être entrée dans la porcherie où Rita vivait avec le bouc, et où je tenais le rôle d'homme de service, allongé sur le lit, le visage tourné vers le plafond. Je veux dire que cette femme sans nom a remplacé Rita. Elle est devenue Rita, elle s'est appropriée ce qu'il y a de plus important dans votre récit deviné : l'amour et l'esclavage du bouc.

— Ah ! dis-je. Peut-être vais-je de nouveau comprendre. Laissez-moi recommencer. » Et je le vis hésiter et mentir, s'agripper à son premier mensonge, incapable qu'il était de l'abriter derrière un autre. « Comment dites-vous que s'appelait la cousine, la remplaçante, la défunte ?

— Je vous ai seulement dit qu'elle n'avait pas de nom. Ce n'était personne, c'était Rita. Rita en a eu assez du bouc, de moi, de la misère. Je crois qu'elle va bien. Mais elle n'aurait pas pu le faire, j'en suis sûr, s'il n'y avait eu quelqu'un, une autre femme, pour prendre sa place dans son rapport avec la bête. Bien, laissez-moi revenir un peu en arrière pour liquider définitivement cette histoire. Tout ce que je vous ai raconté il y a un an était vrai, sauf, bien entendu, ce que je vous ai laissé croire, le malentendu que j'avais voulu entretenir. Ce soir-là, je vous ai parlé de pitié, et c'était vrai. Cette pitié était si vraie, si intense, qu'elle a réussi deux choses incroyables. Premièrement, je me suis chargé de l'enterrement de la femme et j'ai veillé son cadavre ; c'était la principale, l'unique dette ; c'est-à-dire que la pitié que j'avais eue pour Rita pendant l'année presque entière d'abjection que j'avais passée avec elle a suffi pour faire de la deuxième femme Rita elle-même. Et bien que la pitié, ainsi que tout autre sentiment pour Rita, fût morte en moi depuis longtemps, il a suffi qu'on me dise que la cousine se mourait pour que s'épanche ma pitié ressuscitée. Ça se comprend ? N'oubliez pas l'existence du bouc ; n'oubliez pas que la deuxième Rita, quand elle a compris qu'elle ne pourrait plus le protéger, qu'elle allait mourir, l'a ramené à Santa María. Elle l'a ramené au village natal, au pays de l'enfance, où tout est plus facile et finit bien. Elle a fait ce que Rita aurait fait, j'en suis persuadé, s'il ne s'était trouvé quelqu'un pour racheter, par son sacrifice, son esclavage.

« Donc, c'était Rita. Je ne l'ai pas vue mourir, mais pendant la veillée funèbre ce visage maigre, stupéfait et tendu, est devenu celui de Rita, et j'ai pu me délivrer de la pitié en l'exaspérant jusqu'à l'épuisement. Et peut-être ne me restait-il plus de pitié à dépenser quand j'ai traversé Santa María à pied avec le bouc boiteux, derrière le corbillard ; peut-être étais-je simplement mort de sommeil, hystérique, et si je réclamais l'expiation et le ridicule c'était pour exhiber une haine qui n'avait plus grand-chose à voir avec ma vieille haine, celle qu'avait fait naître en moi la pitié pour Rita. Parce que, avant de vivre ensemble, et pendant l'année où nous avons vécu ensemble, quand je la voyais chaque soir, la pitié, comme d'habitude, est devenue à un moment inutile, elle a pourri, la haine a poussé sur elle comme des vers. J'ai commencé à comprendre que nous tous, vous, moi et les autres, nous étions responsables de cela, de son mariage avec le bouc, de ce couple qui manœuvrait maladroitement parmi les files de gens qui sortaient de la gare. Nous tous : coupables ; puis, sans réfléchir, sans que l'évidence provienne de la raison ou puisse être modifiée par elle : coupables, tous les habitants du monde, coupables d'être nés et d'avoir été contemporains de cette monstruosité, de cette tristesse. Alors j'ai haï le monde entier, nous tous.

« Et le deuxième produit incroyable de cette pitié, c'est que j'ai obligé Rita à faire ce qu'aucun homme de service n'avait réussi à lui faire faire. Parce que nous étions tous coupables, y compris Rita, et c'était l'être le plus proche de ma haine.

« Ça a duré un mois, jusqu'au moment où la cousine est venue la remplacer, du moins dans l'esclavage morbide du bouc, et que Rita a disparu. À présent, je n'arrive plus à comprendre ce que cette période a eu d'important, la conscience et le plaisir de mon abjection, les jours et les nuits où Rita sortait racoler des hommes et revenait avec suffisamment d'argent pour nous faire vivre tous les trois — le bouc, elle et moi. Et si par chance vous parveniez à me l'expliquer — j'ai cru y arriver plusieurs fois au cours de la veillée funèbre solitaire —, ce serait quand même inutile, parce que personne n'a fait l'apprentissage nécessaire pour pouvoir comprendre. Je ne savais pas et je ne sais toujours pas ce qui était important, mais voici ce qui le symbolisait et lui donnait unc origine : rester allongé sur le lit, fumer en l'attendant, comme tous les autres hommes, mais en plus accompagné du bouc ; fixer ses yeux jaunes, imperturbables, sentir son odeur se mêler à la mienne, conclure un accord illusoire avec l'éternité impersonnelle qu'il représentait. Lui parler avec simplicité du sens de notre attente, de notre solitude ; le voir grandir et blanchir dans l'ombre, dans la chambre au plafond bas, dans la nuit particulière, exclusive, que chaque nuit sécrète pour les miséreux. »

Nous avons entendu en même temps les sabots impatients ou effrayés du cheval sur le trottoir. Jorge se leva mais n'alla pas immédiatement voir à la fenêtre. Ce soir, nous avions aussi notre nuit aimable, d'une essence insaisissable, vaguement excitante, chargée de clefs et de situations qui ne collaient pas, cette douce nuit trompeuse et bien connue qui tombe pour les idiots.

« Bien », dit-il en souriant; et ses cheveux blond foncé lui frôlaient la tempe : il suçait nerveusement, sans conviction, sa pipe mal allumée. Il tira sur son pantalon, et remua ses jambes dans les bottes. «J'avais une rectification à apporter, et je crois l'avoir fait.

— Il y avait beaucoup à dire, et vous l'avez fait, répondis-je. Mais vous n'avez rien rectifié. La femme est la même, de toute façon. Vous avez veillé Rita, et vous l'avez enterrée. Et surtout vous avez aussi enterré le bouc.

— Comme vous voulez. Je regrettais de vous avoir fait croire à une histoire parfaite, de vous avoir laissé croire que l'histoire que j'avais commencé à vous raconter pendant les vacances avait connu une fin parfaite. Ça n'existe pas; si vous y réfléchissez, vous verrez que tout échoue pour cette raison, et pour cette raison seulement. J'y ai donc apporté des corrections. Et j'ai ajouté la prostitution de Rita pour mon compte et celui du bouc; c'est un ajout qui modifie aussi l'histoire d'une certaine manière.

— Je ne crois pas que ça la modifie, dis-je. Du moins pour moi, pour ces pages. Je dirais, et j'improvise, que ça renforce le côté pathétique de l'histoire, ça la rend plus compréhensible pour les autres, pour nous tous. Et en ce qui concerne la cousine remplaçante... »

Le cheval renâcla de nouveau, et l'écho résonna sur la place déserte. « Et de trois, me suis-je dit. La troisième saleté c'est le péché adulte qui consiste à croire que nos actes irrémédiables ont besoin a posteriori d'une justification. »

Il regarda par la fenêtre et parla d'une voix aiguë de bouvier, à la bête, à la nuit et au chemin.

« Je crois que ce n'est plus possible, dit-il en se retournant, et en resserrant son ceinturon. Santa María est devenue une ville. Et même si moi je refuse de l'admettre, le cheval, lui, le sait. »

5

La deuxième rencontre fut aussi le fruit du hasard, du moins en partie. Je venais de voir un malade près du vieux marché et je me promenais paresseusement sous le soleil d'après-midi, pour dissiper le dégoût et la tristesse du souvenir de la femme au ventre plat, de ses yeux stupides embellis par la fièvre, aveugles à la puanteur de la chambre. Et du petit homme maigre, dur et noiraud qui se déplaçait et m'agressait avec peur et rigidité, soulagé parce qu'il pouvait se décharger de sa responsabilité, légèrement excité parce qu'il concentrait sur moi sa vieille haine tenace de la vie. Comme d'habitude, j'ignorais ce qui pouvait atténuer son malheur, lui dire qu'elle était perdue ou le laisser espérer. Il ne le savait pas non plus ; il m'accompagna en silence jusqu'à la rue, son petit nez contracté sous l'effet de quelque chose qui aurait pu être de la colère ou du sarcasme ; il s'attendait à entendre une des deux choses et il était prêt à tirer tout le malheur possible du pronostic que je m'aventurerais à faire.

Nous sommes restés un moment au soleil, devant les briques du vieux marché. Les clochards faisaient la sieste, tuaient leurs puces, ou discutaient de comment assurer le prochain repas sous les plates arcades coloniales. Un groupe de garçons sortit en courant du marché, tourna en cercle et retourna dans l'ombre. Peut-être cette plus grande misère — celle statique des clochards, celle dynamique des enfants sales, pieds nus — fut-elle une consolation pour l'homme ; peut-être fut-il saisi par l'idée que l'écoulement du sang dans la chambre n'était pas un malheur personnel mais seulement un minuscule élément anonyme qui contribuait, d'une manière laborieuse et utile, au perfectionnement du malheur des hommes. En tout cas son visage se détendit, et il berça dans la lumière son expression lisse et résignée. On n'y voyait plus de la haine, juste ses traces, son œuvre. Il m'offrit une cigarette, et nous avons tiré deux bouffées en silence. Je le regardai de nouveau et optai pour le doute : je lui dis qu'on ne pouvait pas se prononcer, qu'il devait attendre l'effet des piqûres et me téléphoner à neuf heures.

Alors il sourit intérieurement et resta un moment à bouger la tête ; il porta la cigarette à ses lèvres et la fit danser pendant qu'il disait :

« Je connais la chanson. Et elle autant que moi, vous pouvez être sûr : Je volerais, plutôt que de ne pas vous payer. À neuf heures pile je vous téléphone.

— Vous me direz comment elle va, et on avisera. »

Il me serra la main et s'en retourna, en suivant le long couloir, vers son importance, sa haine, et la sensation toujours incroyable de se savoir piégé.

Pour l'oublier, je marchai lentement jusqu'à l'entrée du marché. Je traversai les rangées de miséreux affalés et jetai quelques pièces sur des têtes et des bras, au centre de la clameur alanguie. À l'intérieur, la fraîcheur de l'ombre, les étalages vides, l'interminable odeur, chaque jour plus forte, de légumes fermentés, d'humidité et de poisson. Les enfants mendiants se pourchassaient sous la clarté qui tombait des lucarnes, au loin, dans le fond. À une table devant le bar se trouvait un gros jeune homme, qui adressait un sourire immobile au tumulte des enfants. Je commandai un rafraîchissement et examinai le paroissien solitaire avant de le reconnaître.

Il était très jeune, et il eût été hâtif de dire que c'était un homme ; il buvait la spécialité de la maison, de l'alcool de canne avec du jus de raisin, et il s'en était fait porter une bouteille à sa table. Il avait déboutonné son col de chemise, et sa cravate pendait au dos d'une chaise ; mais il était habillé comme pour une fête et portait un costume sombre avec un gilet, des chaussures noires cirées, un foulard blanc dont les extrémités pendaient sur sa poitrine. Le chapeau noir au bord relevé masquait un de ses genoux ; beaucoup plus tard, j'aperçus la chaîne de montre en W sur son ventre. Sa main gauche était fermée, et il souriait toujours vers le fond lumineux du marché, où les enfants serpentaient entre les stands vides. À côté de la bouteille était posée une poignée de bonbons.

« On dit que chacun s'amuse à sa manière », dit le barman. Je le regardai sans le reconnaître ; moustachu, la cinquantaine passée, en manches de chemise. « Docteur, depuis le déjeuner je prie pour ne pas connaître le genre d'amusement que préfère celui-là. C'est Perotti, de la quincaillerie. Maintenant, regardez-moi ça et dites ce que vous en pensez. »

Les enfants mendiants couraient rapidement vers le nord ; le chef tourna brusquement et jeta le désarroi dans la colonne. Il zigzaguait entre les fers et les bois, et glissait sur les plaques de terre et les déchets. Le garçon de la table tenait sa main gauche ouverte, pleine de bonbons. Courant et riant, les enfants passèrent devant lui, et chacun essaya de voler des bonbons sans se faire prendre ; la main se referma sur celle d'une petite fille maigre, avec un visage de souris, des cheveux durs et gras qui tombaient sur ses épaules. Les autres continuèrent leur course.

« Voilà, dit dans mon dos le barman. Depuis une heure de l'après-midi, sans rire. Maintenant, regardez. »

Le gros garçon tira la petite à lui, l'embrassa sur une oreille tandis qu'il lui donnait des tapes, un simulacre de punition, et murmurait des menaces. Ensuite il la relâcha ; la petite mit son bonbon dans la bouche et courut rattraper la bande qui décrivait déjà son demi-cercle sous le soleil de la rue.

Alors le gros garçon leva sa tête aux cheveux noirs et se mit à rire vers le plafond écaillé, sans bouger, et du rire le plus typiquement hystérique qu'il m'ait été donné d'entendre. Il s'interrompit soudain pour vider son verre, le remplir de nouveau et ajouter des bonbons au piège de la main gauche. Puis il adressa un sourire d'attente au tourbillon d'enfants déguenillés, dans le fond de la place.

« C'est Perotti, le fils de la quincaillerie, répéta l'inconnu dans mon dos. Vous devez le connaître. Peut-être même que vous l'avez aidé à naître, ou guéri de la rougeole, ou purgé. Permettez-moi, je l'observe depuis le déjeuner, et depuis presque un mois ou quinze jours, depuis cet été, quand il est passé par ici et a découvert par hasard le jeu des bonbons et des petites filles. Son père lui a laissé beaucoup d'argent, et lui il le dépense comme ça. Il s'amuse. Et j'en suis même venu à me dire qu'il le fait sans arrière-pensée. Parce que, comme je vous l'ai dit, je n'arrive pas à le comprendre. Je marche à l'alcool de canne et au vermouth depuis le déjeuner, et je m'y tiens. Si vous me permettez de vous offrir un verre, je serais très honoré. »

J'ai accepté, et nous avons bu lentement, en silence. Le vacarme des gamins passa de nouveau à côté de la table, et il y eut encore des tapes, un baiser, la tête renversée vers le plafond, et le rire insupportable, soudainement épuisé.

« Eh bien ? dit l'homme.

— Ça y est, je sais qui c'est, je me souviens », répondis-je ; je parlais du garçon, de Tito Perotti. « Je ne l'ai pas aidé à naître, ils ne m'ont pas consulté pour la rougeole, et il n'est pas venu me voir une seule des fois où il a eu la chaude-pisse. Mais nous sommes comme des parents à cause de l'ulcère du défunt père, de l'asthme de la mère et du ver solitaire que nous avons trucidé chez la petite sœur.

— C'est bien lui, répondit l'homme, enthousiaste. Et on dit avec raison que sa sœur est la plus belle femme de Santa María.

— Je ne l'ai pas vue depuis longtemps. » Je posai un billet sur le comptoir, et l'homme m'expliqua qu'il voulait m'inviter. « Mais il faut que j'aille dire deux mots à celui-là. »

L'homme releva une planche fixée par des gonds et quitta l'intimité de son comptoir pour venir me serrer la main. Je vis son regard vieilli et trouble, ses moustaches pendantes, le dessus chauve de son crâne.

« Fragoso », dit-il. Je ne pus me souvenir de rien ni en avoir l'air. Il me montra un sourire droit et sain, et ajouta respectueusement, en guise d'adieu : « Docteur. »

J'avançai lentement, pour laisser aux gamins le temps de s'approcher de la table. Lorsque cinq ou six d'entre eux eurent volé des bonbons dans la paume ouverte et qu'il attrapa la main de la petite fille, je posai ma main sur son épaule et attendis son regard avec un sourire innocent. Il me dévisagea avec un peu plus de peur que de colère. La main relâcha les bonbons et la petite ; il tendit le tas à la bande, qui fit un seul tour autour de nous. Il contempla d'un air inquiet, infantile, leur course victorieuse vers le portail et le soleil. Il releva la tête pour rire, mais il ne rit que pendant une seconde, en silence. J'étais là, ma main était toujours sur son épaule. Il se leva et me salua. C'est alors que j'aperçus la chaîne en argent qui ondulait sur le gilet, tendue par la ridicule petite bedaine.

« Je vais m'asseoir, si vous me le permettez, murmurai-je. Je suis fatigué. »

Je savais qui était le garçon depuis le moment où Fragoso, le barman, l'avait nommé. Mais j'avais seulement compris son importance lorsque l'homme avait dit quelque chose au sujet de sa sœur. C'est alors que j'avais pensé à l'histoire de Rita et du bouc, à la tentative de démolition que Jorge avait entreprise quelques nuits plus tôt.

J'acceptai un peu de la boisson douceâtre dans le petit verre que l'on m'apporta. Nous avons parlé de choses et d'autres, du temps, de la politique, des récoltes, de ses projets d'études, de Santa María et de Buenos Aires.

Je découvris la perle qui était plantée dans sa cravate, et je contemplai discrètement son visage rond et joli, sa peau d'enfant, son sourire facile, un peu vulgaire et faux, un peu cruel. « Il prend du poids ; on peut supposer que cette résolution hostile, fanatique et distante qui brille dans son regard, c'est la résolution de prendre du poids. » Il avait une voix un peu nasillarde et il aimait rire en parlant, balancer sa tête alerte avec de la salive aux commissures des lèvres en se pinçant le pouce de la main gauche. « Il est vaniteux : son égoïsme est actif et social, il a une mémoire extraordinaire pour les offenses et les oublis. »

Mais il y avait autre chose : je m'en aperçus seulement lorsqu'il se pencha sur son verre et que je contemplai sa coupe de cheveux militaire, mais je ne pus saisir précisément de quoi il s'agissait. Quelques mois plus tard, lors de la dernière en date de mes convalescences, quand des amis et des clients reconnaissants ou superstitieux venaient me voir l'après-midi pour me distraire et se défouler, je compris qu'il imitait son père, le quincaillier mort un an plus tôt. Il l'imitait de deux manières, dans deux domaines : par la perle ridicule sur la cravate, la chaîne de montre, la coupe de cheveux et dix autres détails que je découvris au fur et à mesure — tout cela était le fruit d'une volonté consciente. Et par un désir obscur son corps s'était mis à pousser au cou, au ventre et aux fesses, et recréait exactement, avec une certaine modestie, la figure désagréable du défunt père.

« Va pour l'amour filial, mais ça n'explique pas tout. Perotti père était le dernier des modèles pour un garçon. Il y a quelque chose d'autre, et si Dieu me laisse le temps, la Chance, comme toujours, me le fera peut-être connaître. »

« Je vais terminer mon droit, parce que, chez moi, c'est ce qu'on a toujours voulu que je fasse, dit-il. Mais je ne veux pas quitter Santa María, à l'inverse de tous les autres qui ne pensent qu'à Buenos Aires. Et ici, vous savez, on ne peut pas vraiment devenir avocat, on est tout au plus avoué. J'exercerai peut-être, je ne sais pas, parce qu'on peut faire de l'argent sans beaucoup travailler. Surtout avec les relations de papa. Mais sans leur donner de l'importance. Je ne veux pas me mêler de politique. Ma vocation, c'est les affaires, les grandes affaires. Voyez ce que Petrus a fait, sans avoir à aller à la capitale. Il a mal fini, c'est vrai, mais allez savoir, on n'a pas dit le dernier mot, et ça ne veut rien dire qu'il soit en prison ou dans un asile. Il a pu faire beaucoup de choses parce qu'il avait du talent et un projet. Pour son époque, Petrus a fait beaucoup de choses ; mais ce n'était qu'un début, il a donné l'exemple. Ici, tout reste à faire, croyez-moi. »

À vingt ans, le même ton respectueux et protecteur du quincaillier, les mêmes manières tranquilles et sèches, les yeux détournés, une main qui pince l'autre, la même foi dans les principes, dans le succès. Lui aussi avait découvert le simple secret arithmétique de la vie, la formule triomphale qui exige seulement que l'on s'obstine, que l'on se dépersonnalise, que l'on cesse presque d'exister.

Je le crus, et nous avons encore bu. La certitude que son père n'avait jamais bu me déconcertait un peu. Mais cette rencontre ne m'avait pas été accordée pour que je l'épuise en pensant à eux deux.

« Vous avez habité avec Jorge Malabia dans un hôtel de Constitución », dis-je d'un coup. Il regardait la porte du marché, toujours lumineuse, à présent silencieuse, d'un air d'attente, apaisé.

« Oui, pendant environ deux ans. Mais cette année, je ne crois pas... Je l'aime beaucoup, mais c'est un type difficile.

— Il doit l'être, en effet. Presque neurasthénique. » Il acquiesça joyeusement : « C'est ça ! » « Mais il y a quelque chose qui m'intéresse plus particulièrement. Un détail, peut-être un piège, une modification. Je veux parler de l'histoire que vous connaissez : celle de Rita et du bouc. »

Il se pencha par-dessus la table pour me cacher son regard et son sourire. Dans les soupiraux du fond, la lumière du jour était grise ; un autre gris terne envahissait l'immense espace désert ; l'air y était humide et paresseux. Il se redressa en clignant les yeux, sur ses gardes.

« Je connais l'histoire. Je ne savais pas que vous la connaissiez. Jorge doit vous l'avoir racontée, et Dieu sait comment. »

Je lui expliquai la seule chose que je pouvais continuer de croire. Une femme, Rita, faisait la manche sous de faux prétextes à l'entrée d'une gare, en compagnie d'un bouc qui fut ajouté par un dénommé Ambrosio à la suite de longues méditations esthétiques. Il rit de nouveau du rire saliveux de son père et secoua la tête pour donner son accord à chaque souvenir.

« Tout cela est vrai, mais il y a certaines choses que Jorge ne sait pas. » Il avait l'air renfrogné, sans envie de parler. J'hésitais sur la méthode à employer pour le décider.

« Ce qui m'intéresse, dis-je un instant plus tard, est très simple, et c'est vraiment peu de chose. Il ne fait pas de doute qu'une femme est revenue avec le bouc à Santa María, malade, pour mourir dans une baraque sur la côte. Je veux seulement savoir si cette femme était Rita ou non. »

Il se rapprocha de moi, étonné, tandis qu'il réfléchissait rapidement, maladroit et méfiant.

« Si c'était Rita ? Bien sûr que c'était Rita. Elle était déjà tuberculeuse quand je l'ai rencontrée à la gare. Et elle ne se soignait pas. elle préférait donner à manger au bouc. Et on la poussait au suicide. Elle était folle, son plus grand bonheur c'était de pouvoir donner une poignée de sel au bouc pour qu'il lui lèche la main.

— Je sais » dis-je, et je levai un doigt pompeux qui ne signifiait rien. « Mais n'y avait-il pas une cousine ? Réfléchissez : une parente de Rita qui serait allée la remplacer à Buenos Aires, la libérer de son esclavage du bouc, et qui serait revenue à Santa María avec l'animal, peut-être poursuivie par lui, pour s'offrir la consolation de mourir sur la terre natale. Réfléchissez et dites-moi. »

Il alluma soigneusement une cigarette à côté de mon visage, et la fumée ondoyante brisa son expression de mépris torturé. Il ne me croyait pas, il attendait que l'indignation le délivre du désarroi. Il se redressa, se maîtrisa et désapprouva de la tête.

« Alors, c'est ce que Jorge vous a raconté ? Tout compte fait, ça ne m'étonne pas, vu qu'il s'est conduit comme un fils de chienne. Qu'est-ce qu'il vous a raconté sur moi ?

— Presque rien. Vous apparaissez seulement au début de l'histoire. »

Le sourire qu'il esquissa lentement était si sordide, si plein de rancune, que je me suis dit que son hérédité devait non seulement tenir du père, mais aussi d'un grand-père Perotti.

« Allons-y dans l'ordre, commença-t-il. J'ai trouvé Rita et j'ai couché avec elle. Dans sa chambre, bien sûr, parce qu'on ne pouvait rien faire du bouc. Je l'ai trouvée, nous sommes montés, et je l'ai payée. Elle faisait ça avec tout le monde ; le bouc et l'histoire du voyage c'était un prétexte pour les flics. Être embarquée pour avoir raconté une histoire ou pour avoir racolé des types, ce n'était pas la même chose. »

À présent il était un peu plus rouge, dans la douce pénombre de la sieste du marché. Il retenait son excitation, il apprenait à manipuler sa haine pour la décharger plus efficacement.

« Oui, murmurai-je. La version de Jorge Malabia ne contredit pas directement ce début. Mais je m'intéresse à la cousine. Vous êtes sûr que c'était Rita, et pas sa cousine ?

— La cousine ? Elle est arrivée à la fin, quand Rita était déjà condamnée. Elle s'appelait Higinia, c'était une petite femme dodue mais très jolie. Pendant quelques jours elle a joué la comédie de l'infirmière, elle a pris soin de Rita et du bouc, et peut-être aussi de Jorge. À ce moment-là, Jorge souffrait d'une maladie mystérieuse. Je ne sais pas s'il vous a dit qu'il a raté une année de fac ; ses parents croient qu'il est en troisième année alors qu'il n'a pas réussi tous ses examens de deuxième. À présent la cousine doit traîner dans les dancings de Palermo, ou se faire entretenir par quelqu'un, parce qu'elle était mignonne quand elle se lavait. Pendant quelques jours elle a joué la comédie de la sainte femme ; mais elle s'est immédiatement orientée, avec un instinct de bête, et elle a disparu. Une fois elle leur a rendu visite dans une de ces voitures avec chauffeur qu'on loue pour la journée. Elle leur a apporté des paquets, de la nourriture et des cadeaux ; et allez savoir si elle n'est pas tout simplement venue pour frimer devant Rita.

« Par vanité, parce qu'elle voulait se venger ; et pas seulement de Rita puisque pour elle Rita symbolisait Santa María, l'enfance, la misère ; ou par affection, pour lui montrer et peut-être lui démontrer qu'il était possible, facile, de ne pas perpétuer à Buenos Aires la misère d'ici.

« Mais Rita n'était déjà plus en état de subir ces exhibitions, ni quoi que ce soit d'autre. Je ne passais pas les voir souvent dans leur chambre, mais j'étais venu cet après-midi-là. J'y allais surtout pour insulter Jorge, ou pour m'asseoir au bord du lit sans rien dire. Il savait tout ce que je pensais, et je le lui disais. Rita a reçu la visite de l'autre sans rien comprendre. Elle était déjà très malade et délirait tout le temps. Elle a dû croire qu'on lui racontait un conte de fées, si tant est qu'on lui en ait jamais raconté. La robe de l'autre, Higinia, et aussi les gants et le chapeau, et les paquets qu'elle apportait, la nourriture pour gens comblés, pas pour des affamés. Sans parler de la voiture et du chauffeur en casquette. Elle est montée faire un tour. Ça s'est passé comme ça, et celui qui prétend le contraire je lui casse la figure. Higinia est une putain de luxe, je l'espère pour elle, et elle doit avoir de quoi durer longtemps. Elle n'est restée que quelques jours dans la chambre, deux semaines au plus, elle a pris soin d'eux trois, lui, elle et le bouc puant. Quand ils oubliaient le sel, le bouc leur grimpait dessus pour leur lécher la peau. Je leur ai dit vingt fois, d'abord en blaguant, puis sérieusement, qu'ils feraient mieux de l'égorger et de le manger. La première fois que je l'ai dit sérieusement elle m'a sauté dessus avec un couteau. Et pendant tout ce temps Jorge restait allongé sur le lit, les mains derrière la nuque, et regardait le plafond, tandis que la femme crachait ses poumons et crevait de faim. Ça s'est vraiment passé comme ça : c'est lui tout seul qui a tué Rita. Elle est revenue avec le bouc à Santa María l'été où son père est mort, et quand Jorge est rentré pour les vacances il a pu assister à ses derniers moments, après quoi il a payé l'enterrement. Comme un vrai monsieur. Dommage qu'elle soit morte et que ce soit sa faute. Je le lui ai dit, je n'ai pas d'objections à le redire. Parce que lui, mon ami, sans en avoir besoin, par pur esprit de jeu, il s'est amusé à vivre à ses dépens, de ce qu'elle gagnait en mendiant avec le bouc, en mentant ou en tapinant. Parce qu'il n'habitait plus la pension, il vivait dans sa chambre immonde, dans leur chambre. L'argent que son père lui envoyait aurait suffi à nourrir décemment Rita — et le bouc bien sûr. Il aurait peut-être pu la soigner. Mais il passait presque toute la journée et la nuit allongé sur le lit, à regarder la crasse des plafonds successifs (ils déménageaient environ une fois par mois), et il attendait qu'elle rentre de faire le trottoir, avec une bouteille de vin et un paquet de bouffe indigeste. Elle avait passé un accord avec le propriétaire d'un stand de journaux à Constitución ; il lui prenait deux pesos pour garder le bouc ou l'attacher à un arbre pendant qu'elle montait avec un homme. Les rares fois où je rendais visite à Jorge, je lui disais : "Tu es un salaud." Et ça ne me gênerait pas de le lui dire devant vous. J'entrais et je l'insultais longuement de différentes manières, intolérables pour un homme, si jeune soit-il. Il était allongé sur le lit, sale et barbu, et disait toujours en guise de salut : "T'as pas une cigarette ?" Vous ne pouvez pas comprendre et vous ne me croirez pas. Mais c'était vraiment un salaud ; il se prenait pour Ambrosio, j'en suis sûr, l'homme qui a inventé le bouc. Et comme Ambrosio avait exploité Rita pendant des mois, jusqu'au jour où il s'était levé avec l'idée du bouc, cet *eurêka !* grotesque, Jorge se sentait obligé de faire comme lui, de traîner et d'exploiter Rita, de regarder les plafonds sans bouger, et d'attendre que l'un d'eux laisse tomber sur lui un prodige du même ordre. Je ne sais pas quel prodige, je n'ai jamais pu l'imaginer, et lui non plus ; peut-être une colombe qu'elle aurait portée à l'épaule, ou un serpent enroulé autour du bras, ou un tigre rugissant. Et comme il ne payait plus la pension, comme il n'avait pas besoin d'argent, les chèques et les lettres qui continuaient d'arriver chez moi il les emportait dans la chambre en brique ou en mortier où il surveillait la progression des toiles d'araignée sur le plafond. "T'as une cigarette ?" Mon idée c'est que cet argent aurait pu sauver Rita, ou l'aider à vivre plus longtemps. Mais tout ça n'était qu'une farce aussi idiote qu'immonde. Lui, Jorge, même transformé en cet Ambrosio qu'il n'a jamais rencontré, le savait. Il savait qu'il n'y avait rien à découvrir dans cette vie-là, il savait que la femme était en train de mourir. Voilà pourquoi il a imaginé l'enterrement d'Higinia ; parce que, en définitive, après une année de bravade et de connerie, il s'est senti un peu dépassé par les événements, et il n'a pas pu supporter le remords. Vous auriez dû l'entendre avant, avant Rita et Buenos Aires, quand nous discutions de mille choses, à l'aube, dans le garage de la maison : "Je ne pourrai jamais rien regretter, car tout ce que je ferai je ne pourrai le faire que si c'est humainement possible." C'était sa devise, en quelque sorte. Il l'avait écrite sur un carton et accrochée au-dessus de son lit, la première année à la pension. Moi je la savais par cœur et je me suis souvent moqué de lui en la récitant quand je le voyais hésiter pour des motifs moraux. Parler, c'est facile, mais cette année-là il a cédé à la tentation de vivre avec Rita dans l'irresponsabilité, selon cette devise qu'il a sûrement volée à je ne sais qui. Alors il donnait l'argent qu'on lui envoyait de Santa María à des anarchistes et à des communistes, à une espèce de fou ou de truand qui venait le voir chaque début de mois, là où ils se trouvaient avec le bouc immonde, et par sa faute. Je l'ai souvent vu : un type à la voix douce, avec un chapeau et un sourire qu'il aurait gardé même si on lui avait tapé dessus. Il essayait de discuter avec lui, mais Jorge lui tendait le chèque et se remettait à regarder le plafond comme si l'autre n'avait pas été là, jusqu'au moment où il partait. Moi je dis : comme pendant tout ce temps il était conscient de se conduire avec Rita comme un fils de chienne, il donnait cet argent pour apaiser sa conscience, pour être sûr de ne tirer aucun profit de l'histoire. Je l'insultais, et vers la fin j'ai sérieusement pensé qu'il était fou ; mais il ne l'était pas. Et maintenant je me souviens de l'événement le plus drôle, ou le plus important de l'histoire, de la véritable histoire, celle que je suis en train de vous raconter. Laissez-moi d'abord vous dire que je continuais de coucher avec Rita quand j'en avais envie, ou quand je savais qu'ils avaient besoin de l'argent que je lui donnais. Tout ça sans qu'il le sache ; lui qui pendant tout un temps avait fait tant de mystère de ses rapports avec la femme. Ce que je crois important, et qui vous aidera à comprendre pourquoi il prétend avoir enterré Higinia au lieu de Rita, c'est ceci, ce souvenir honteux, dont je n'ai jamais reparlé jusqu'à aujourd'hui. Un jour il est venu à la pension, à la tombée de la nuit, habillé comme ce qu'il avait toujours été, c'est-à-dire un fils de riches. Pendant tout ce pèlerinage d'un quartier à l'autre, il avait gardé ses vêtements emballés dans du papier journal. Le pantalon sale, la chemise d'ouvrier et les espadrilles qu'il portait pour s'allonger sur le lit, c'était seulement l'uniforme d'angoisse et de misère qu'il s'était inventé. Allez savoir pourquoi, même si en y réfléchissant on peut trouver des raisons. C'était peut-être l'uniforme d'Ambrosio ; cet Ambrosio qu'il n'a jamais rencontré. Cette fois-là, il ne m'a pas demandé des cigarettes ; il a jeté sur le lit un paquet de Chesterfield et a refusé de s'asseoir. Il parlait de n'importe quoi, et moi je lui répondais en attendant. Ce n'était ni au début, ni à la fin de son ménage avec Rita ; je crois qu'ils vivaient alors derrière la Chacarita, du côté de la Paternal. "Tu vas dire que c'est de la pitié, m'a-t-il dit, mais c'est autre chose. Je ne sais pas si tu peux comprendre, je suis incapable de l'expliquer." Il voulait se marier avec Rita. Il m'a dit de demander à un des professeurs de la faculté comment il pouvait le faire sans intervention des parents. Il était mineur, bien sûr, et il m'a dit que Rita l'était aussi, mais ça, c'est difficile à croire. Je me suis renseigné et c'était non ; comme il insistait, je l'ai présenté à Campos, professeur de droit civil. J'ai appris qu'il avait fini par l'insulter dans une crise d'hystérie parce que l'autre, Campos, avait voulu lui donner des conseils et lui avait parlé comme un père. Vous l'avez dit, il est difficile, presque neurasthénique. Alors moi je crois que le mensonge de l'enterrement d'Higinia vient de cela, de cette honte qu'il veut supprimer, oublier. Vous me suivez ? Un désir de nier. Je l'avais déjà remarqué, mais nous en avons rarement parlé ; maintenant nous ne nous adressons plus la parole. Il croit que ça change quelque chose d'avoir un grand-père qui est né à Santa María. »

Fragoso s'approcha pour nettoyer la table et me sourire. Tito s'était recroquevillé, et une légère expression de dégoût faisait frémir sa bouche humide. Le groupe d'enfants et leurs cris avaient disparu depuis longtemps. Je murmurai un remerciement, allumai une cigarette et me mis à penser d'une manière désordonnée, sûr de me tromper, et surtout largement incrédule. Je sortis de l'argent pour payer, mais Tito retint ma main.

Je voulais savoir une seule chose, et ça n'avait rien à voir avec la véracité de l'histoire ; c'était un pur caprice. Pendant deux jours, dès le matin, je cherchai Jorge Malabia entre deux visites. Je tombai sur lui en sortant de chez moi pour aller à l'hôpital, le troisième jour. Il était assis sur un banc, toujours habillé en cavalier, mais sans cheval. Il s'approcha en souriant, en se balançant sur ses bottes, avec un regard fatigué et mûri.

« Je suis venu pour répondre et pour conclure », dit-il doucement, sans me regarder. S'il m'avait haï au cours de la dernière entrevue, cette haine s'était transformée en patience, en acceptation. « Comme ça vous en aurez assez de poser des questions, et je n'aurai plus rien à voir, par la suite, avec la maudite femme et le satané bouc. Allez-y.

— Je n'aime pas parler de ça le matin. Si on pouvait se voir ce soir... »

Il me regarda avec colère et serra les dents, puis il sourit en se mordant les lèvres.

« Attendez voir, dit-il d'un air distrait. Vous ne pouvez pas poser des questions le matin, mais à midi, aux légumes pourris du vieux marché, si. Attendez voir. Laissez-moi réfléchir parce que c'est la dernière fois. Venez ce soir à la maison, nous serons seuls. Mais vous n'avez pas de voiture ? À neuf heures moins le quart, une voiture vous attendra ici. D'accord ? »

À présent il me dévisageait joyeusement ; il me posa une main sur l'épaule et la laissa un moment, inerte. Il disait oui de la tête à quelque chose, sans me regarder. Ensuite il me serra l'épaule et se mit à marcher vers la place ; je le vis éviter, sans se presser, la voiture du fleuriste, puis se retourner. Il semblait plus grand, arbitraire, incertain, et l'activité matinale transforma soudain sa tenue de paysan en un déguisement. Ses bras pendaient, désolés, inutiles, mais chez lui rien n'était capable de m'émouvoir. Il se mit à sourire, mais pas à moi. Je portai la main à mon chapeau pour lui dire au revoir, et alors il se mit en branle, il s'approcha de moi à grandes enjambées, en faisant sonner ses bottes, tristement semblable à son frère mort. Il me fixa du regard et voulut conserver le sourire qui ne lui servait plus à rien.

« J'aime vous voir, j'aime être avec vous, dit-il. Pour plusieurs raisons. Mais je ne veux pas continuer cette histoire. Ne venez pas chez moi ce soir. Une femme est morte et nous l'avons enterrée, un bouc est mort et je l'ai enterré. C'est tout. Toute l'histoire de Constitución, le bouc, Rita, la rencontre du commissionnaire Godoy, ma proposition de mariage, la cousine Higinia, ce ne sont que des mensonges. Tito et moi nous avons simplement inventé l'histoire parce que nous étions curieux de voir ce qu'on pouvait construire avec le peu dont nous disposions : une femme qui était la propriétaire d'un bouc, qui est morte, qui avait été servante à la maison et qui m'a fait venir pour me demander de l'argent. Par hasard vous étiez au cimetière et, pour cette raison, j'ai voulu essayer sur vous si l'histoire tenait debout. C'est tout. C'est ce que je vous aurais dit ce soir à la maison, ou alors j'aurais essayé une nouvelle variante. Mais je crois que ça n'en vaut pas la peine. Laissons ça comme ça, comme une histoire que nous avons inventée tous ensemble, vous y compris. Elle ne mérite pas mieux, sauf avis contraire.

— Oui », répondis-je. Je n'arrivais pas à rencontrer son regard ; soudain il me dévisagea furieusement, toujours avec un sourire. « Oui. Je voulais dire que l'histoire mérite beaucoup mieux ; on pourrait la raconter de mille manières différentes. Mais ça n'en vaut peut-être pas vraiment la peine. Je voulais aller chez vous pour vous poser une seule question, pour vous demander de me parler de la veillée funèbre où il n'y a eu, pendant de longues heures, que la morte, le bouc et vous. C'est tout ce qui m'intéresse.

— Ça vous intéresse ? Seulement ça ?

— Oui, fiston, répondis-je avec douceur.

— Alors écoutez-moi bien. Ça s'est passé comme ça ; une veillée funèbre où pendant de longues heures il n'y a eu personne d'autre que moi, un cadavre et un bouc boiteux et affamé. Le plancher de la pièce était tout délabré, et si je me déplaçais, le cercueil se mettait à bouger ; en fait, on aurait dit qu'il bougeait beaucoup plus : quand je passais sous la lumière des cierges il se mettait à danser. C'est tout. Mis à part l'enterrement que vous connaissez déjà. Avec ces faits vous pourrez écrire votre histoire. Qui sait, peut-être un de ces jours j'aurai envie de la lire. »

Il s'en alla, les jambes légèrement écartées, en se dandinant, comme pour enfourcher le cheval qu'il n'avait pas amené.

6

Par la suite j'ai reçu une lettre de Tito Perotti, de Buenos Aires. Il m'expliquait le motif, ou les motifs, de son voyage et regrettait d'avoir pu faire mauvaise impression sur moi au marché. Il insistait sur des choses déjà dites, il me flattait. Il commençait par dire qu'il avait effectivement rencontré Ambrosio, l'inventeur du bouc.

« Je l'ai su dès que je l'ai vu, du pas de la porte du restaurant ; il était affalé sur une chaise devant Rita, mais il regardait par-dessus sa tête ; il mâchait son fume-cigarette et rejetait de la fumée régulièrement. Il regardait — et que pouvait-il regarder d'autre ? — le papier peint flamboyant, encore humide, couleur de sang dilué avec des pagodes cernées de filets d'or. Je suis allé au comptoir et j'ai commandé n'importe quoi pour pouvoir l'espionner tranquillement. Rita m'avait donné rendez-vous à minuit ; j'ai laissé passer minuit et demi. Habillé de gris, l'air pauvre, les cheveux longs, ondulés, luisants, comme si on venait de lui faire une mise en plis, avec un nœud papillon, sombre. Il regardait le papier peint et mâchait son fume-cigarette. »

C'est à peu près ce que j'ai dû lire, traduit dans la langue que j'ai attribuée à Tito, pour l'entrevue du marché. C'est tout, parce que j'en savais trop sur l'affaire, ou parce que je ne savais plus rien depuis longtemps. J'ai déchiré la lettre, ou je l'ai enfouie dans le désordre de mon bureau. Si c'est le cas, elle doit être jaunie ; parce que tous ceux qui ont pris part d'une manière ou d'une autre à cette histoire, y compris la femme et le bouc morts, ont rapidement vieilli au cours de cette dernière année.

Et c'était plus ou moins tout ce qui me restait après les vacances. C'est-à-dire rien ; une confusion sans espoir, un récit sans fin possible, au sens douteux, contredit par les éléments mêmes dont je disposais pour le composer. Personnellement, je n'avais participé qu'au dernier chapitre, le chaud après-midi au cimetière. J'ignorais la signification de ce que j'avais vu ; l'idée de me renseigner et de vérifier me répugnait.

Et quand se furent écoulés suffisamment de

jours de réflexion pour que je me mette aussi à douter de l'existence du bouc, j'ai écrit en quelques nuits cette histoire. J'y ai ajouté quelques mensonges délibérés ; je ne chercherais pas à me défendre si Jorge ou Tito récusaient l'exactitude des entrevues, et cela ne m'étonnerait pas outre mesure que toute fouille sur le terrain de la maison des Malabia, toute recherche dans les registres du cimetière, soient sans résultat.

La seule chose qui compte, c'est qu'en terminant de l'écrire je me suis senti en paix, sûr d'avoir réussi ce que l'on peut espérer de mieux dans ce genre de tâche : j'avais relevé un défi et j'avais transformé en victoire l'une au moins de mes défaites quotidiennes.

COLLECTION FOLIO

Dernières parutions

4366. Michel tournier	*Le bonheur en Allemagne?*
4367. Stephen Vizinczey	*Éloge des femmes mûres.*
4368. Byron	*Dom Juan.*
4369. J.-B. Pontalis	*Le Dormeur éveillé.*
4370. Erri De Luca	*Noyau d'olive.*
4371. Jérôme Garcin	*Bartabas, roman.*
4372. Linda Hogan	*Le sang noir de la terre.*
4373. LeAnne Howe	*Équinoxes rouges.*
4374. Régis Jauffret	*Autobiographie.*
4375. Kate Jennings	*Un silence brûlant.*
4376. Camille Laurens	*Cet absent-là.*
4377. Patrick Modiano	*Un pedigree.*
4378. Cees Nooteboom	*Le jour des Morts.*
4379. Jean-Chistophe Rufin	*La Salamandre.*
4380. W. G. Sebald	*Austerlitz.*
4381. René Belletto	*La machine.*
4382. Philip Roth	*La contrevie.*
4383. Antonio Tabucchi	*Requiem.*
4384. Antonio Tabucchi	*Le fil de l'horizon.*
4385. Antonio Tabucchi	*Le jeu de l'envers.*
4386. Antonio Tabucchi	*Tristano meurt.*
4387. Boileau-Narcejac	*Au bois dormant.*
4388. Albert Camus	*L'été.*
4389. Philip K. Dick	*Ce que disent les morts.*
4390. Alexandre Dumas	*La dame pâle.*
4391. Herman Melville	*Les Encantadas, ou Îles Enchantées.*
4392. Pidansat de Mairobert	*Confession d'une jeune fille.*
4393. Wang Chong	*De la mort.*
4394. Marguerite Yourcenar	*Le Coup de Grâce.*
4395. Nicolas Gogol	*Une terrible vengeance.*
4396. Jane Austen	*Lady Susan.*
4397. Annie Ernaux/ Marc Marie	*L'usage de la photo.*
4398. Pierre Assouline	*Lutetia.*

4399. Jean-François Deniau	*La lune et le miroir.*
4400. Philippe Djian	*Impuretés.*
4401. Javier Marías	*Le roman d'Oxford.*
4402. Javier Marías	*L'homme sentimental.*
4403. E. M. Remarque	*Un temps pour vivre, un temps pour mourir.*
4404. E. M. Remarque	*L'obélisque noir.*
4405. Zadie Smith	*L'homme à l'autographe.*
4406. Oswald Wynd	*Une odeur de gingembre.*
4407. G. Flaubert	*Voyage en Orient.*
4408. Maupassant	*Le Colporteur* et autres nouvelles.
4409. Jean-Loup Trassard	*La déménagerie.*
4410. Gisèle Fournier	*Perturbations.*
4411. Pierre Magnan	*Un monstre sacré.*
4412. Jérôme Prieur	*Proust fantôme.*
4413. Jean Rolin	*Chrétiens.*
4414. Alain Veinstein	*La partition.*
4415. Myriam Anissimov	*Romain Gary, le caméléon.*
4416. Bernard Chapuis	*La vie parlée.*
4417. Marc Dugain	*La malédiction d'Edgar.*
4418. Joël Egloff	*L'étourdissement.*
4419. René Frégni	*L'été.*
4420. Marie NDiaye	*Autoportrait en vert.*
4421. Ludmila Oulitskaïa	*Sincèrement vôtre, Chourik.*
4422. Amos Oz	*Ailleurs peut-être.*
4423. José Miguel Roig	*Le rendez-vous de Berlin.*
4424. Danièle Sallenave	*Un printemps froid.*
4425. Maria Van Rysselberghe	*Je ne sais si nous avons dit d'impérissables choses.*
4426. Béroalde de Verville	*Le Moyen de parvenir.*
4427. Isabelle Jarry	*J'ai nom sans bruit.*
4428. Guillaume Apollinaire	*Lettres à Madeleine.*
4429. Frédéric Beigbeder	*L'Égoïste romantique.*
4430. Patrick Chamoiseau	*À bout d'enfance.*
4431. Colette Fellous	*Aujourd'hui.*
4432. Jens Christian Grøndhal	*Virginia.*
4433. Angela Huth	*De toutes les couleurs.*
4434. Cees Nooteboom	*Philippe et les autres.*
4435. Cees Nooteboom	*Rituels.*
4436. Zoé Valdés	*Louves de mer.*

4437. Stephen Vizinczey — *Vérités et mensonges en littérature.*
4438. Martin Winckler — *Les Trois Médecins.*
4439. Françoise Chandernagor — *L'allée du Roi.*
4440. Karen Blixen — *La ferme africaine.*
4441. Honoré de Balzac — *Les dangers de l'inconduite.*
4442. Collectif — *1,2,3... bonheur!*
4443. James Crumley — *Tout le monde peut écrire une chanson triste* et autres nouvelles.
4444. Niwa Fumio — *L'âge des méchancetés.*
4445. William Golding — *L'envoyé extraordinaire.*
4446. Pierre Loti — *Les trois dames de la Kasbah* suivi de *Suleïma.*
4447. Marc Aurèle — *Pensées (Livres I-VI).*
4448. Jean Rhys — *À septembre, Petronella* suivi de *Qu'ils appellent ça du jazz.*
4449. Gertrude Stein — *La brave Anna.*
4450. Voltaire — *Le monde comme il va* et autres contes.
4451. La Rochefoucauld — *Mémoires.*
4452. Chico Buarque — *Budapest.*
4453. Pietro Citati — *La pensée chatoyante.*
4454. Philippe Delerm — *Enregistrements pirates.*
4455. Philippe Fusaro — *Le colosse d'argile.*
4456. Roger Grenier — *Andrélie.*
4457. James Joyce — *Ulysse.*
4458. Milan Kundera — *Le rideau.*
4459. Henry Miller — *L'œil qui voyage.*
4460. Kate Moses — *Froidure.*
4461. Philip Roth — *Parlons travail.*
4462. Philippe Sollers — *Carnet de nuit.*
4463. Julie Wolkenstein — *L'heure anglaise.*
4464. Diderot — *Le Neveu de Rameau.*
4465. Roberto Calasso — *Ka.*
4466. Santiago H. Amigorena — *Le premier amour.*
4467. Catherine Henri — *De Marivaux et du Loft.*
4468. Christine Montalbetti — *L'origine de l'homme.*
4469. Christian Bobin — *Prisonnier au berceau.*
4470. Nina Bouraoui — *Mes mauvaises pensées.*

4471.	Françoise Chandernagor	*L'enfant des Lumières.*
4472.	Jonathan Coe	*La Femme de hasard.*
4473.	Philippe Delerm	*Le bonheur.*
4474.	Pierre Magnan	*Ma Provence d'heureuse rencontre.*
4475.	Richard Millet	*Le goût des femmes laides.*
4476.	Pierre Moinot	*Coup d'État.*
4477.	Irène Némirovsky	*Le maître des âmes.*
4478.	Pierre Péju	*Le rire de l'ogre.*
4479.	Antonio Tabucchi	*Rêves de rêves.*
4480.	Antonio Tabucchi	*L'ange noir.* (à paraître)
4481.	Ivan Gontcharov	*Oblomov.*
4482.	Régine Detambel	*Petit éloge de la peau.*
4483.	Caryl Férey	*Petit éloge de l'excès.*
4484.	Jean-Marie Laclavetine	*Petit éloge du temps présent.*
4485.	Richard Millet	*Petit éloge d'un solitaire.*
4486.	Boualem Sansal	*Petit éloge de la mémoire.*
4487.	Alexandre Dumas	*Les Frères corses.* (à paraître)
4488.	Vassilis Alexakis	*Je t'oublierai tous les jours.*
4489.	René Belletto	*L'enfer.*
4490.	Clémence Boulouque	*Chasse à courre.*
4491.	Giosuè Calaciura	*Passes noires.*
4492.	Raphaël Confiant	*Adèle et la pacotilleuse.*
4493.	Michel Déon	*Cavalier, passe ton chemin!*
4494.	Christian Garcin	*Vidas* suivi de *Vies volées.*
4495.	Jens Christian Grøndahl	*Sous un autre jour.*
4496.	Régis Jauffret	*Asiles de fous.*
4497.	Arto Paasilinna	*Un homme heureux.*
4498.	Boualem Sansal	*Harraga.*
4499.	Quinte-Curce	*Histoire d'Alexandre.*
4500.	Jérôme Garcin	*Cavalier seul.*
4501.	Olivier Barrot	*Décalage horaire.*
4502.	André Bercoff	*Retour au pays natal.*
4503.	Arnaud/Barillé/Cortanze/Maximin	*Paris Portraits.*
4504.	Alain Gerber	*Balades en jazz.*
4505.	David Abiker	*Le musée de l'homme.*
4506.	Bernard du Boucheron	*Coup-de-Fouet.*
4507.	Françoise Chandernagor	*L'allée du Roi.*
4508.	René Char	*Poèmes en archipel.*
4509.	Sophie Chauveau	*Le rêve Botticelli.*

4510. Benoît Duteurtre	*La petite fille et la cigarette.*
4511. Hédi Kaddour	*Waltenberg.*
4512. Philippe Le Guillou	*Le déjeuner des bords de Loire.*
4513. Michèle Lesbre	*La Petite Trotteuse.*
4514. Edwy Plenel	*Procès.*
4515. Pascal Quignard	*Sordidissimes. Dernier Royaume, V.*
4516. Pascal Quignard	*Les Paradisiaques. Dernier Royaume, IV.*
4517. Danièle Sallenave	*La Fraga.*
4518. Renée Vivien	*La Dame à la louve.*
4519. Madame Campan	*Mémoires sur la vie privée de Marie-Antoinette.*
4520. Madame de Genlis	*La Femme auteur.*
4521. Elsa Triolet	*Les Amants d'Avignon.*
4522. George Sand	*Pauline.*
4523. François Bégaudeau	*Entre les murs.*
4524. Olivier Barrot	*Mon Angleterre. Précis d'Anglopathie.*
4525. Tahar Ben Jelloun	*Partir.*
4526. Olivier Frébourg	*Un homme à la mer.*
4527. Franz-Olivier Giesbert	*Le sieur Dieu.*
4528. Shirley Hazzard	*Le Grand Incendie.*
4529. Nathalie Kuperman	*J'ai renvoyé Marta.*
4530. François Nourissier	*La maison Mélancolie.*
4531. Orhan Pamuk	*Neige.*
4532. Michael Pye	*L'antiquaire de Zurich.*
4533. Philippe Sollers	*Une vie divine.*
4534. Bruno Tessarech	*Villa blanche.*
4535. François Rabelais	*Gargantua.*
4536. Collectif	*Anthologie des humanistes européens de la renaissance.*
4537. Stéphane Audeguy	*La théorie des nuages.*
4538. J. G. Ballard	*Crash !*
4539. Julian Barnes	*La table citron.*
4540. Arnaud Cathrine	*Sweet home.*
4541. Jonathan Coe	*Le cercle fermé.*
4542. Frank Conroy	*Un cri dans le désert.*
4543. Karen Joy Fowler	*Le club Jane Austen.*
4544. Sylvie Germain	*Magnus.*
4545. Jean-Noël Pancrazi	*Les dollars des sables.*

4546. Jean Rolin — *Terminal Frigo.*
4547. Lydie Salvayre — *La vie commune.*
4548. Hans-Ulrich Treichel — *Le disparu.*
4549. Amaru — *La Centurie. Poèmes amoureux de l'Inde ancienne.*
4550. Collectif — *«Mon cher papa...» Des écrivains et leur père.*
4551. Joris-Karl Huysmans — *Sac au dos* suivi de *À vau l'eau.*
4552. Marc-Aurèle — *Pensées (Livres VII-XII).*
4553. Valery Larbaud — *Mon plus secret conseil...*
4554. Henry Miller — *Lire aux cabinets.*
4555. Alfred de Musset — *Emmeline.*
4556. Irène Némirovsky — *Ida* suivi de *La comédie bourgeoise.*
4557. Rainer Maria Rilke — *Au fil de la vie.*
4558. Edgar Allan Poe — *Petite discussion avec une momie et autres histoires extraordinaires.*
4559. Madame de Duras — *Ourika. Édouard. Olivier ou le Secret.*
4560. François Weyergans — *Trois jours chez ma mère.*
4561. Robert Bober — *Laissées-pour-compte.*
4562. Philippe Delerm — *La bulle de Tiepolo.*
4563. Marie Didier — *Dans la nuit de Bicêtre.*
4564. Guy Goffette — *Une enfance lingère.*
4565. Alona Kimhi — *Lily la tigresse.*
4566. Dany Laferrière — *Le goût des jeunes filles.*
4567. J.M.G. Le Clézio — *Ourania.*
4568. Marie Nimier — *Vous dansez?*
4569. Gisèle Pineau — *Fleur de Barbarie.*
4570. Nathalie Rheims — *Le Rêve de Balthus.*
4571. Joy Sorman — *Boys, boys, boys.*
4572. Philippe Videlier — *Nuit turque.*
4573. Jane Austen — *Orgueil et préjugés.*
4574. René Belletto — *Le Revenant.*
4575. Mehdi Charef — *À bras-le-cœur.*
4576. Gérard de Cortanze — *Philippe Sollers. Vérités et légendes.*
4577. Leslie Kaplan — *Fever.*
4578. Tomás Eloy Martínez — *Le chanteur de tango.*

4579. Harry Mathews	*Ma vie dans la CIA.*
4580. Vassilis Alexakis	*La langue maternelle.*
4581. Vassilis Alexakis	*Paris-Athènes.*
4582. Marie Darrieussecq	*Le Pays.*
4583. Nicolas Fargues	*J'étais derrière toi.*
4584. Nick Flynn	*Encore une nuit de merde dans cette ville pourrie.*
4585. Valentine Goby	*L'antilope blanche.*
4586. Paula Jacques	*Rachel-Rose et l'officier arabe.*
4587. Pierre Magnan	*Laure du bout du monde.*
4588. Pascal Quignard	*Villa Amalia.*
4589. Jean-Marie Rouart	*Le Scandale.*
4590. Jean Rouaud	*L'imitation du bonheur.*
4591. Pascale Roze	*L'eau rouge.*
4592. François Taillandier	*Option Paradis. La grande intrigue, I.*
4593. François Taillandier	*Telling. La grande intrigue, II.*
4594. Paula Fox	*La légende d'une servante.*
4595. Alessandro Baricco	*Homère, Iliade.*
4596. Michel Embareck	*Le temps des citrons.*
4597. David Shahar	*La moustache du pape* et autres nouvelles.
4598. Mark Twain	*Un majestueux fossile littéraire* et autres nouvelles.
4600. Tite-Live	*Les Origines de Rome.*
4601. Jerome Charyn	*C'était Broadway.*
4602. Raphaël Confiant	*La Vierge du Grand Retour.*
4603. Didier Daeninckx	*Itinéraire d'un salaud ordinaire.*
4604. Patrick Declerck	*Le sang nouveau est arrivé. L'horreur SDF.*
4605. Carlos Fuentes	*Le Siège de l'Aigle.*
4606. Pierre Guyotat	*Coma.*
4607. Kenzaburô Ôé	*Le faste des morts.*
4608. J.-B. Pontalis	*Frère du précédent.*
4609. Antonio Tabucchi	*Petites équivoques sans importance.*
4610. Gonzague Saint Bris	*La Fayette.*
4611. Alessandro Piperno	*Avec les pires intentions.*
4612. Philippe Labro	*Franz et Clara.*

4613. Antonio Tabucchi — *L'ange noir.*
4614. Jeanne Herry — *80 étés.*
4615. Philip Pullman — *Les Royaumes du Nord. À la croisée des mondes, I.*
4616. Philip Pullman — *La Tour des Anges . À la croisée des mondes, II.*
4617.Philip Pullman — *Le Miroir d'Ambre. À la croisée des mondes, III.*
4618. Stéphane Audeguy — *Petit éloge de la douceur.*
4619. Éric Fottorino — *Petit éloge de la bicyclette.*
4620. Valentine Goby — *Petit éloge des grandes villes.*
4621. Gaëlle Obiégly — *Petit éloge de la jalousie.*
4622. Pierre Pelot — *Petit éloge de l'enfance.*
4623. Henry Fielding — *Histoire de Tom Jones.*
4624. Samina Ali — *Jours de pluie à Madras.*
4625. Julian Barnes — *Un homme dans sa cuisine.*
4626. Franz Bartelt — *Le bar des habitudes.*
4627. René Belletto — *Sur la terre comme au ciel.*
4628. Thomas Bernhard — *Les mange-pas-cher.*
4629. Marie Ferranti — *Lucie de Syracuse.*
4630. David McNeil — *Tangage et roulis.*
4631. Gilbert Sinoué — *La reine crucifiée*
4632. Ted Stanger — *Sacrés Français ! Un Américain nous regarde.*
4633. Brina Svit — *Un cœur de trop.*
4634. Denis Tillinac — *Le venin de la mélancolie.*
4635. Urs Widmer — *Le livre de mon père.*
4636. Thomas Gunzig — *Kuru.*
4637. Philip Roth — *Le complot contre l'Amérique.*
4638. Bruno Tessarech — *La femme de l'analyste.*
4639. Benjamin Constant — *Le Cahier rouge.*
4640. Carlos Fuentes — *La Desdichada.*
4641. Richard Wright — *L'homme qui a vu l'inondation* suivi de *Là-bas, près de la rivière.*
4642. Saint-Simon — *La Mort de Louis XIV.*
4643. Yves Bichet — *La part animale.*
4644. Javier Marías — *Ce que dit le majordome.*
4645. Yves Pagès — *Petites natures mortes au travail.*
4646. Grisélidis Réal — *Le noir est une couleur.*
4647. Pierre Senges — *La réfutation majeure.*

4648. Gabrielle Wittkop	*Chaque jour est un arbre qui tombe.*
4649. Salim Bachi	*Tuez-les tous.*
4650. Michel Tournier	*Les vertes lectures.*
4651. Virginia Woolf	*Les Années.*
4652. Mircea Eliade	*Le temps d'un centenaire* suivi de *Dayan.*
4653. Anonyme	*Une femme à Berlin. Journal 20 avril-22 juin 1945.*
4654. Stéphane Audeguy	*Fils unique.*
4655. François Bizot	*Le saut du Varan.*
4656. Pierre Charras	*Bonne nuit, doux prince.*
4657. Paula Fox	*Personnages désespérés.*
4658. Angela Huth	*Un fils exemplaire.*
4659. Kazuo Ishiguro	*Auprès de moi toujours.*
4660. Luc Lang	*La fin des paysages.*
4661. Ian McEwan	*Samedi.*
4662. Olivier et Patrick Poivre d'Arvor	*Disparaître.*
4663. Michel Schneider	*Marilyn dernières séances.*
4664. Abbé Prévost	*Manon Lescaut.*
4665. Cicéron	*«Le bonheur dépend de l'âme seule».* Tusculanes, *livre V.*
4666. Collectif	*Le pavillon des Parfums-Réunis.* et autres nouvelles chinoises des Ming.
4667. Thomas Day	*L'automate de Nuremberg.*
4668. Lafcadio Hearn	*Ma première journée en Orient* suivi de *Kizuki le sanctuaire le plus ancien du Japon.*
4669. Simone de Beauvoir	*La femme indépendante.*
4670. Rudyard Kipling	*Une vie gaspillée* et autres nouvelles.
4671. D. H. Lawrence	*L'épine dans la chair* et autres nouvelles.
4672. Luigi Pirandello	*Eau amère.* et autres nouvelles.
4673. Jules Verne	*Les révoltés de la Bounty* suivi de *maître Zacharius.*
4674. Anne Wiazemsky	*L'île.*
4675. Pierre Assouline	*Rosebud.*

Composition Bussière
Impression Novoprint
à Barcelone, le 7 avril 2008.
Dépôt légal : avril 2008.
ISBN 978-2-07-035641-6./Imprimé en Espagne.

157380